Sabine Bartsch
A Song about Love

Sabine Bartsch wurde im schönen Oldenburg geboren, wo sie eine unbeschwerte Kindheit mit ihrer Freundin Pippi Langstrumpf verbrachte. Nach dem Studium war sie in diversen Jobs als Kulturmanagerin tätig und ist heute Geschäftsführerin eines Kulturzentrums, in dem sich alles um Musik dreht.
Außerdem von der Autorin erschienen:
Das mit dir und mir (dtv 2014)

Für Michael

© 2015

SBooks

Sabine Bartsch

www.sabine-bartsch.de

Korrektorat: tapeaffairs

Covergestaltung: SBooks

Foto: Paul Tarasenko * fotolia

Herstellung und Verlag:

BoD – Books on Demand, Norderstedt

Printed in Germany * ISBN 978-3-738-61835-8

3. September, 10.30 Uhr
Farbe des Himmels: grau

Sie wird mich verlassen.

Das ist alles, was ich denken kann.

Die Liebe meines Lebens wird mich verlassen.

Sie wird nie wieder ein Wort mit mir sprechen.

Jetzt nicht mehr.

Wie bin ich bloß in diesen Alptraum geraten?

Wann hat diese ganze verdammte Scheiße angefangen? Als Mark ging und Mokka kam? Vielleicht ja, vielleicht nein.

Nie wieder, hallt es in meinem Kopf, während das Chaos in mir groß und größer wird.

Ich sehe durch die Autoscheibe nach draußen, die zwei Männer stehen noch vor dem Wagen. Der eine telefoniert, der andere starrt gelangweilt irgendwas auf dem Boden an. Es ist windig, ein Pappbecher rollt über den Bordstein, ich erkenne das Emblem von McDonalds.

Meine beiden Schwestern stehen auf der Treppenstufe vor unserem Haus und sehen zu mir rüber. Sie versuchen, ein tapferes Gesicht zu machen. Caro hat ihren Arm um Sina gelegt. Beide lächeln schief.

Alles wird gut, forme ich mit den Lippen.

Alles wird gut, dass ich nicht lache!

Nichts wird je wieder gut.

Dann steigen die Männer endlich ein und wir fahren los. Ich sitze auf dem Rücksitz - in Handschellen.

Erstes Kapitel
Die Band

„Das können wir unmöglich so spielen!" Mark sah mich genervt an und nahm einen Schluck Bier aus der Flasche, die wie immer neben seinem Schlagzeug stand.

„Ach, und warum nicht?" Ich hatte nicht vor, mir durch die schlechte Laune unseres Drummers den Tag verderben zu lassen.

„Deine sogenannten Songs sind keine Songs, Jonas. Eine Aneinanderreihung von Tönen ergibt noch nicht zwangsläufig ein Lied."

„Jetzt mach aber mal einen Punkt, ja!" Ich sah zu Manu und Chris, die betreten dreinblickten.

Mark setzte dieses arrogante Gesicht auf, das ich von Anfang an zum Kotzen gefunden hatte. „Wisst ihr was, ich bin raus aus der Band! Ich studiere Musik, ich versaue mir mit euch Anfängern nur meinen guten Ruf!"

Ich sah ihn kalt an. „Was denn für einen guten Ruf?"

Manu grinste mich kurz an, dann sah er zu Mark. „Und dass wir in fünf Wochen einen Gig haben, ist egal, oder was?"

Mark deutete mit dem Kopf in meine Richtung. „Das eigentliche Problem ist er."

Ich sah ihm fest in die Augen. „Wenn du ein Problem mit mir hast, dann kann ich dir zu deinem Entschluss, die Band zu verlassen, nur gratulieren." Ich lächelte und hoffte, dass er meine Unsicherheit nicht spürte.

„Gut, dann haue ich jetzt ab." Er sah zu Manu und Chris, vielleicht hoffte er, dass sie sich gegen mich und für ihn entscheiden würden.

Das war natürlich völliger Quatsch. Erstens war ich der Bandleader und zweitens sind die zwei schon meine Kumpels gewesen, als viele andere Typen noch einen großen Bogen um mich gemacht haben.

Mit ungefähr sieben bekam ich Neurodermitis, mit all den Zutaten, die man sich so wünscht. Lebensmittelunverträglichkeit, Asthma, das volle Programm. Ich sah aus wie ein offenes Geschwür - und das ließ man mich auch spüren. Wenn die Jungs aus meiner Klasse samstags erst zu MacDoof und anschließend in einen Club gingen, dann blieb ich zuhause. Einen Burger hätte ich ohnehin nicht essen dürfen und auf die dämlichen Blicke der Mädchen konnte ich auch gut verzichten. Manu und Chris haben so manchen Abend mit mir verbracht, obwohl sie vermutlich auch lieber feiern gegangen wären.

Meine Eltern haben alles versucht, was irgendwie noch mit ihrer *alternativen Denke* zu vereinbaren war. Wir sind Waldorf. Alle. Meine Eltern als Lehrer, meine Schwestern und ich als Schüler. Meine große Schwester Cara hat es hinter sich und studiert. Ich muss noch ein Jahr, weil ich zwei Ehrenrunden gedreht habe. Wegen der Krankheit hing ich ständig in irgendwelchen anthroposophischen Kliniken rum. Genützt hat es nichts. Genauso gut hätte ich bei Vollmond im Wald um ein Lagerfeuer tanzen können. Heileurythmie selbst gemacht!

Ich hab mich damals total zurückgezogen. Viel gelesen, Musik gehört, im Internet gesurft. Und mit mir und der Welt gehadert. Bis das Wunder geschah. Eines Morgens, ich war gerade fünfzehn geworden, war eine der vielen schuppigen Stellen an meinem Bauch verschwunden. Ich habe die ganze Haut abgesucht, die Stelle war nicht mehr da. Mehrere andere Stellen wirkten weniger entzündet. Ich hatte gerade keine Therapie laufen, wenn man mal von den Globuli absah, die ich schon seit Jahren nur noch meiner Mutter zuliebe nahm. Deshalb gab es keine Erklärung. Die habe ich bis heute nicht. Innerhalb eines halben Jahres waren alle Stellen verheilt, die Haut schuppte fast gar nicht mehr und auch das Asthma war so gut wie verschwunden. Ich sah plötzlich total normal aus. Sogar richtig gut, wenn ich meinen Kumpels glauben durfte. Ich habe eine ziemlich sportliche Figur und mit *normaler Haut* ging plötzlich auch was mit Mädchen.

Eine aus meiner Klasse meinte irgendwann, ich sehe aus wie Clueso, nur jünger und mit breiteren Schultern. Das gefiel mir. Vielleicht entstand in dem Moment mein Interesse am Gitarrenspiel, wer weiß. Jedenfalls kaufte ich mir ein halbes Jahr später meine erste Gitarre.

Mark begann sein Schlagzeug abzubauen, wir halfen ihm nicht dabei. Die Situation war absolut dämlich. Chris tat so, als würde er seine Noten sortieren, Manu klimperte auf dem Keyboard rum und ich schaute aus dem Fenster in den zugemüllten Hinterhof.

Aus dem Nachbarraum konnte man das Gewimmer einer Gitarre hören, es erinnerte entfernt an Hendrix. Als Mark endlich alles in die Cases verstaut hatte, halfen wir ihm dann aber doch, das Zeug zu seinem Auto zu tragen.

„Was für ein arroganter Arsch", fauchte Manu, als wir zurück im Proberaum waren.

„Kann man wohl sagen", brummte Chris.

„Was machen wir denn jetzt bloß mit dem Gig?" Manu sah mich fragend an.

„Wir suchen uns einen neuen Drummer und gut ist!" Ich sah Manu und Chris an und zwinkerte, aber wir wussten alle drei, dass das nicht so leicht werden würde. Und in fünf Wochen hatten wir den Gig. Unser erstes Konzert auf einem Open-Air-Festival.

Abends gab ich in allen bekannten Onlineportalen Anzeigen auf, und schon am nächsten Morgen hatte ich drei Antworten. Zwei waren von Anfängern, die es mal probieren wollten.

Die dritte Antwort klang vielversprechend:

Hallo Band,
ihr sucht einen Drummer? Hier bin ich! Spiele seit vielen Jahren und bin, glaube ich, ganz brauchbar. Sollen wir es versuchen?
Gruß Mokka

Mokka war auf jeden Fall schon mal ein witziger Name.

Ich schrieb zurück:

Hallo Mokka,
morgen Abend um neunzehn Uhr bei uns im Übungsraum in der alten Kaserne, passt das?
Gruß Jonas

Drei Minuten später hatte ich die Bestätigung und gab die Nachricht an Manu und Chris weiter. Nun musste dieser Mokka nur noch einigermaßen gut sein und unser Gig wäre gerettet.

Danach rief ich Rene an, den Frontmann von *Anonym*. Rene war in der Szene so was wie ein Held. Er hatte mir die ersten Griffe auf der Gitarre beigebracht, vor ungefähr vier Jahren.

Er meldete sich mit „Hallo, wer stört?"

„Hi, Jonas hier." Er schwieg. „Ich könnte mal wieder ein paar Stunden gebrauchen."

„Ach nee, ich dachte, du bist schon der perfekte Gitarrengott?"

„Hab ich nicht gesagt."

„Aber so was in der Art, wenn die kläglichen Reste meiner Hirnzellen nicht ganz spontan beschlossen haben, auch noch abzusterben."

„Also, hast du Zeit oder hast du keine?"

„Wann?"

„So bald wie möglich."

„Dann komm halt vorbei, mein Tag ist ohnehin gelaufen."

„Du meinst jetzt?"

„Nee, in vier Wochen."

„Ich mach mich auf den Weg."

„Und ich mach - sauber. Kleiner Scherz."

Laut lachend legte er auf.

Wir waren uns sofort sympathisch, Mokka und ich. Ich glaube, Chris und Manu gefiel er auch. Er war locker, sah ziemlich gut aus und - er konnte spielen!

„Hey, ich bin euer neuer Drummer", hatte er uns mit einem breiten Grinsen begrüßt, an eine alte Schrottkiste von Auto gelehnt. Nach den üblichen Begrüßungsfloskeln trugen wir zusammen seine Schlagzeugcases in den ersten Stock und halfen ihm beim Aufbau.

„Cooler Raum", sagte er, nachdem wir fertig waren und er sich etwas umsah.

„Wir müssten nur mal wieder aufräumen", grinste Manu, „und die leeren Flaschen entsorgen."

„Wir wollen auch irgendwann mal eine Streichaktion machen, damit es etwas heller wird", ergänzte ich. Der Übungsraum war wirklich ziemlich abgerockt. Und ich hatte das Gefühl, der Sauerstoffgehalt in der Luft lag unter zehn Prozent. In der Pause müssten wir unbedingt mal durchlüften.

Mokka setzte sich hinters Schlagzeug und begann zu trommeln. Dabei machte er ein Gesicht, als würde er über einer sehr schweren Aufgabe grübeln. Ich sah zu Chris und Manu, wir merkten sofort, dass er es ziemlich drauf hatte. Dann hörte er uns bei einem Song zu und setzte irgendwann ein, es klang nicht schlecht fürs erste Mal.

Nachdem die letzten Töne verklungen waren, beichtete ich. Dass wir schon in fünf Wochen einen Gig hätten und dass ziemlich viel davon abhing. Wir hatten uns als Support beim *Soundrise Open* beworben und waren tatsächlich genommen worden. Neben dem Headliner spielten an dem Abend außer uns noch zwei weitere unbekannte Bands, das war aber auch schon alles, was wir bisher wussten. Es wurden über tausend Zuschauer erwartet.

„Ihr spielt beim *Soundrise Open*? Wie cool ist das denn!"

„Ähm, wir spielen beim *Soundrise Open*. Vorausgesetzt, du hast Lust bei uns mitzumachen?" Ich sah ihn fragend an.

„Klar hab ich Lust. Wie lange dürft ihr … ich meine, dürfen wir denn spielen?"

„Ne´ halbe Stunde, nicht viel, aber immerhin. Das sind fünf bis sechs Songs, das müsste doch zu schaffen sein, oder?"

„Das ist zu schaffen."

„Dann geht das klar mit uns Vieren?" Ich sah zu Chris und Manu, die nickten.

Es klopfte drei Mal kurz an die Tür, Manu machte auf.

„Stören wir?" Sasa - eigentlich Susanne, aber wer will schon Susanne heißen - steckte den Kopf durch die Tür. Ja, sie störten! Manu ließ sie rein.

„Mokka, das sind Sasa, Vivien und Sabrina, die drei hören uns manchmal zu. Das ist Mokka, unser neuer Drummer", stellte Manu vor.

„Wir sind der Fanclub", sagte Vivien überflüssigerweise, „wir machen Werbung für Gigs und so."

Mokka zog eine Augenbraue hoch. „Wow, wir haben einen Fanclub!"

„Was ist mit Mark?", fragte Sasa.

„Wir haben jetzt Mokka", antwortete ich.

„Mark ist weg? Krass!"

„Mädels, wir müssen jetzt mal ein bisschen was tun. Also setzt euch einfach und haltet eure süßen Münder." Sie kicherten, sagten aber nichts mehr, sondern setzten sich auf das alte Sofa, dessen unglaubliche Hässlichkeit wir mit einer Decke im Verborgenen hielten. Jedenfalls, solange die Decke nicht verrutschte, was eigentlich immer der Fall war.

Vivien war ziemlich dick, das Sofa knarrte, als sie sich setzte, Sabrina musste lachen. Sabrina war irgendwie gar nichts. *Nicht Fisch, nicht Fleisch,* würde mein Vater sagen. Sie hatte Haare wie Stroh, eine zu große Nase und trug ziemlich dämliche Klamotten. Ich blickte zu Sasa, die zwinkerte mir zu und streckte ihre langen Beine aus, die unter einem ziemlich kurzen Rock hervorschauten. Sie war die Hübscheste des Trios. Blonde lange Haare, gute Figur, nettes Gesicht. Außerdem war sie ziemlich freizügig mit ihren Reizen. Heute hatte sie sich ihre Lippen zu einem knallroten Schmollmund geschminkt, was sie erstaunlicherweise sehr unschuldig wirken ließ.

Nachdem ich nachgestimmt hatte, spielten wir den Song von vorhin ein zweites Mal.

Ungefähr ab der Hälfte fing Sabrina an mitzusingen. Man sah zwar nur, dass sich ihre Lippen bewegten, aber es nervte. Ich konnte mich nicht erinnern, dass sie zur Band gehörte, deshalb gab ich den anderen ein Zeichen. Sie hörten auf zu spielen, ich ebenfalls. Ich sah Sabrina an.

„Was ist?", fragte sie angriffslustig.

„Du hast mitgesungen."

„Na und, ich hab ja noch nicht mal ein Mikro, das kann ja wohl nicht stören."

Und du wirst auch ganz sicher kein Mikro bekommen!

„Doch, es stört."

„Aber ihre Stimme ist sexy", mischte Mokka sich ein. Hallo?

„Du solltest dich bei DSDS bewerben, du hättest sicher gute Chancen." Er zwinkerte mir zu. So, dass Sabrina es nicht sehen konnte, ich zwinkerte zurück.

„Quatsch", erwiderte sie, aber ich spürte, dass sie sich geschmeichelt fühlte. Mokkas Ironie war ihr komplett entgangen.

„Doch wirklich, da ist echt Sex in der Stimme." Unser neues Bandmitglied genoss es, sie zu verarschen. Ich sah zu Manu, der grinste in sich hinein, Chris hingegen schien überhaupt nicht zu kapieren, was gerade abging.

Gleich am nächsten Abend trafen wir uns wieder. Mokka war bester Laune, Chris still wie immer und Manu hibbelig wegen unseres Gigs.

„Wir haben noch fünf Wochen, das schaffen wir locker. Jedenfalls, wenn Mokka wirklich bleibt." Ich sah ihn an, schließlich kannten wir uns gerade Mal ein paar Stunden.

„Keine Sorge, Kumpel, mich werdet ihr nicht wieder los. Wer hat schon ´ne Band mit eigenem Fanclub!" Er lachte.

„Die Mädels sind eigentlich ganz okay", meinte Manu, „und sie machen vor unseren Gigs wirklich immer ziemlich viel. Facebook, Twitter, das ganze Programm."

„Stimmt, und solange sie nicht mitsingen wollen, ist auch alles in Ordnung", ergänzte ich grinsend.

„Sasa ist süß." Mokka sah uns an. „Hat einer von euch was mit ihr laufen?" Wir schüttelten den Kopf, er lachte wieder sein freches Lachen.

„Also, womit fangen wir an?" Ich sah in die Runde.

„*Perfect day*", brummte Chris. Wir legten los und kamen gut voran.

In der Pause holte Mokka eine kleine, silberne Dose aus der Hosentasche, machte sie auf und drehte sich einen Joint.

„Hier ist rauchfreie Zone!" Chris versuchte sich an einem bösen Gesicht, was ihm natürlich nicht gelang. Dafür war er einfach viel zu nett.

„Und kiffen ist Mist", ergänzte ich.

Mokka sah uns der Reihe nach an. „Leute, nun seid doch mal ein bisschen locker, wir sind auf der Welt um Spaß zu haben, oder etwa nicht?"
Er holte ein Feuerzeug raus und zündete den Joint an, unsere Blicke ignorierend. Ich muss zugeben, dass ich ihn für seine Frechheit ein bisschen bewunderte. Er machte einfach, was er wollte.

„Lasst uns was trinken gehen, ich glaube, wir müssen uns erst mal etwas besser kennenlernen", sagte ich und die anderen nickten. Chris und Manu wohl froh, dass sie den Konflikt nicht ausfechten mussten. Mokka grinste und reichte mir den Joint, ich schüttelte den Kopf.

„Sag mal, wie bist du eigentlich zu dem Namen Mokka gekommen?" Wir saßen im *Collage*, jeder ein Bier vor sich.

„Ein Mädchen aus meiner alten Klasse hat mal zu mir gesagt ´ich bin so wild nach deinen Mokkaaugen´. Das ist ein Liedtext, aber keine Ahnung, von wem."

15

„Grönemeyer", meinte Manu, „aber es heißt: ´ich hab genug von deinen Mokkaaugen´." Er musste lachen, ich stimmte mit ein, Chris grinste.

„Das hat sie jedenfalls definitiv nicht gesagt." Mokka setzte seine Mütze ab und wuschelte sich durch sein dunkles Haar.

Ich sah ihn an. „Und was machst du sonst so, studierst du?"

„Nee, bin doch nicht blöd."

„Was machst du dann?"

„Ich? Ich bin independent."

„Und was genau heißt *independent*?"

„Dies und das." Er holte wieder seine silberne Dose aus der Tasche und drehte sich den nächsten Joint. Wollte er den jetzt etwa in der Kneipe anzünden?

„Der ist für den Rückweg." Er schob sich den Joint grinsend hinter sein rechtes Ohr.

Mokka hatte sehr dunkle Augen und sehr weiße Zähne, allein das würde vermutlich so manches Mädchenherz höher schlagen lassen. Aber er hatte mehr, es war - mir fiel kein besserer Begriff ein - Charme. Er war unbekümmert, umwerfend gut gelaunt und schenkte jedem sein offenes Lächeln. Er war ein extrem ungewöhnlicher Typ.

Kaum waren wir aus der Kneipe, zündete er seinen Joint an. Wieder reichte er ihn mir und den anderen, aber wir lehnten ab. Der Himmel war wolkenverhangen und stockfinster, kein Mond, kein Stern, nichts. Es war kalt wie im Herbst.

Wir gingen über die Adenauerbrücke. Plötzlich stieg Mokka auf das Brückengeländer und balancierte darauf herum. Er hielt dabei seine Arme ausgestreckt wie ein Seiltänzer. Zwanzig Meter unter der Brücke lag der Fluss, ich hielt den Atem an.

„Mensch, spinnst du, komm da runter!" Manu Stimme klang zittrig.

Mokka lachte. „Ob man das überlebt, wenn man ins Wasser stürzt?"

„Ganz sicher nicht, Mokka! Also komm sofort da runter." Ich versuchte, die Panik in meiner Stimme zu unterdrücken. Die zwei Joints und das Bier ließen diesen Idioten vermutlich glauben, unsterblich zu sein. Er balancierte weiter, spöttisch lachend. Seine Schritte wirkten unsicher.

Jemand rief von der anderen Straßenseite: „Hey, guck mal, der Typ ist schon tot, der weiß das nur noch nicht." Zwei Punks bogen sich vor Lachen über ihren unglaublich originellen Witz. Ich hatte seit Jahren keine Punks mehr gesehen.
Für einen Moment waren wir durch das ungewöhnliche Duo abgelenkt. Als wir wieder zum Brückengeländer schauten, war Mokka weg.

„Scheiße!", schrie ich, rannte zum Geländer und sah nach unten in die Dunkelheit des Flusses. Manu und Chris waren sofort neben mir. Von Mokka keine Spur.

„Du Scheiße, was macht dieser Idiot … ?"
Dann hörten wir es Kichern, erst leise, dann immer lauter. Mokka hatte sich hinter einem der Brückenfeiler versteckt und freute sich wie ein kleines Kind, uns einen Schrecken eingejagt zu haben.

„Verdammt, wie bist du denn drauf?" Manu war stinksauer. Mokka lachte sich schlapp.

„Das ist überhaupt nicht witzig, kein kleines bisschen!" Ich war außer mir, am liebsten hätte ich ihm eins in die Fresse gehauen. Was für einen Idioten hatten wir uns denn in die Band geholt?

Wir sagten nichts mehr, während Mokka kichernd neben uns her lief. Manu und Chris straften ihn mit Missachtung, ich schimpfte leise vor mich hin.

Mokka hatte Spaß, großen Spaß.

Zu Hause fuhr ich meinen Rechner hoch und tat das, was ich seit der Konzertzusage jeden Tag machte, ich schaute auf die homepage des *Soundrise Open*. Bislang hatten sie nur die Headliner gelistet, mit einem kleinen Hinweis, dass weitere Bands folgen würden. Ich sah sofort, dass etwas geändert worden war. Die *weiteren Bands* standen online. Das Festival ging drei Tage, ich klickte auf den Samstag. Ein wohliger Schreck durchfuhr mich, als ich unser Foto sah. Leider mit dem falschen Drummer, aber egal. Unter dem Foto stand *the pretty green*, unser Bandname.

Als erstes würde eine Band spielen, die sich *Motorlärm* nannte, und deren Mitglieder dem Bild nach zu urteilen noch einiges jünger waren als wir. Sie sahen aus wie höchstens sechzehn. Dann waren wir dran und nach uns spielte eine Frauenband.

Riott, drei ziemlich cool aussehende Mädels. Cold an der Gitarre, Skoona am Bass und Tott an den Drums.

Skoona, Tott und Cold machten die Anheizer für den

Hauptact, *Lands End* mit ihrem Frontmann Miller, einem Gott an der Gitarre.

Wider Erwarten hielten sich Mokkas schlechte Scherze die nächsten Wochen in engen Grenzen, ich hab ihn auch nicht mehr kiffen gesehen. Vielleicht war ihm unsere Reaktion auf seinen Balanceakt ja eine Lehre. Wir übten viel und kamen gut voran. Die Songs wurden immer besser, nicht zuletzt wegen Mokkas Tipps, wie ich zugeben musste, und wir begannen uns richtig auf den Gig zu freuen.

Sasa, Vivien und Sabrina kamen ziemlich oft vorbei und berichteten stolz von ihren Werbemaßnahmen. Sie hatten eine eigene Fanpage eingerichtet, was nun wirklich etwas übertrieben war. Ansonsten posteten sie auf allen Onlinekanälen, was das Zeug hielt.

Unser neuer Drummer flirtete heftig mit Sasa, aber erstaunlicherweise schien sie nicht sehr interessiert an ihm.

Vier Tage vor dem Gig stellte Mokka die Kleiderfrage. Ich war bislang davon ausgegangen, dass wir in unseren normalen Klamotten auf die Bühne gehen würden.

„Wir brauchen einen coolen Look, etwas, dass uns unverwechselbar macht", meinte er.

„Und was soll das sein?" Manu schaute skeptisch.

„Hm, vielleicht ganz in Rot."

„Auf keinen Fall!" Ich sah Mokka an, „wir machen Rockmusik, da kann man doch mit Jeans und T-Shirt auf die Bühne gehen."

„Wäre aber doch cool, wenn die Leute sagen würden,

the pretty green, das sind die, die ganz in Rot auf der Bühne stehen.“

„Ich hab nix in Rot“, brummte Chris.

„Ich auch nicht“, setzte Manu nach.

„Dann eben ganz in Grün.“

„Ich hab nichts in Grün“, sagte ich, „außerdem habe ich nicht vor, mich zum Obst zu machen.“

„Wie wäre es denn dann mit Hüten? Wir könnten alle den gleichen Hut aufsetzen, so Justin-Timberlake-mäßig.“

„Total bescheuert!“, meinte Manu.

„Mensch, seid doch nicht so stur, ich will doch nur den ach so steinigen Weg zum Erfolg etwas beschleunigen.“

„Durch Hüte?“ Ich sah ihn an.

„Warum nicht?“

„Lass uns lieber auf die Musik konzentrieren, damit ebnen wir uns am ehesten den Weg zum Erfolg.“

Mokka gab auf, jedenfalls vorerst.

3. September, 12:00 Uhr
Farbe des Himmels: grau

Ich bekomme eine Einzelzelle.

Wenn auch nur ein Bruchteil dessen, was man in Filmen zu sehen kriegt, wirklich in Gefängnissen passiert, dann bin ich hier jedenfalls in Sicherheit.

Irgendwie habe ich mir eine Knastzelle ganz anders vorgestellt, nicht so steril. Vielleicht bin ich ja der Erstbewohner dieses *Etablisments*. Wirkt jedenfalls so.

Keine Kritzeleien an den Wänden, Waschbecken und Klo sehen sauber aus, die Pritsche auch.

Ich habe eine dünne Decke und ein Kopfkissen bekommen, das bedeutete ja wohl, dass ich die Nacht hier verbringen muss.

Nicht mal eine Spinne hängt in irgendeiner Ecke, mit der ich mich unterhalten könnte.

In ein paar Stunden werde ich dem Haftrichter vorgeführt, hat man mir gesagt. Und der entscheidet, ob ein Haftbefehl erlassen wird. Keine Ahnung, was genau das zu bedeuten hat.

Zweites Kapitel
Die Wette

„Oma und Opa kommen auch zu Deinem Auftritt", meinte Mama beim Abendessen.

Oh, Kacke! Ich mag meine Großeltern, aber wie peinlich ist das denn!

„Ähm, sind die nicht ein bisschen zu alt für ein Rockfestival?"

„Ach was, das lassen die sich doch nicht entgehen."

„Wann genau ist denn euer Auftritt?" Meine Schwester Sina sah mich mit ihren großen, dunklen Augen an.

„Um sieben."

„Das ist ja ganz schön früh."

„Na ja, wir sind ja nicht der Headliner. Um sechs spielt die erste Band, dann sind wir dran, um acht dann eine Mädchenband und um neun *Lands End*.

Mir wurde ziemlich mulmig bei dem Gedanken, dass es nur noch zwei Tage waren bis zu unserem Aufritt.

Morgen Abend würde ich mit den anderen auf das Festival gehen. Die Veranstalter hatten uns eingeladen, was wir natürlich super fanden.

„Auf Miller freue ich mich", meinte Dad.

„Ach nee, und auf uns wohl nicht, was?"

„Auf euch natürlich auch, das ist doch sowieso klar."

Am nächsten Abend stellten wir uns in die Schlange für die Gäste- und Pressekarten. Mir war etwas komisch zumute, hoffentlich standen wir wirklich auf der Gästeliste.

„Hallo, wir sind *the pretty green* und müssten auf der Gästeliste stehen", sagte ich, als wir endlich dran waren. Der Mann an der Kasse schaute erst auf das Display, dann hackte er auf seine Tastatur ein. Neben ihm stand ein Typ, der schon ziemlich hinüber war. Sein glasiger Blick war ebenfalls auf das Display gerichtet. Ich war allerdings ziemlich sicher, dass er nicht mehr erkannte, was sich dort abspielte.

Der Kassentyp sah mich an. „Ihr steht nicht auf der Gästeliste."

„Aber wir spielen hier morgen."

„Heute ist heute, oder?" Hinter uns begann es unruhig zu werden.

„Vielleicht mit unseren Namen."

„Und die wären?"

„Ich heiße Jonas Christensen."

Er hackte wieder in die Tastatur. „Sag das doch gleich, Jonas Christensen."

Feierlich überreichte er mir ein Band, an dem ein Schild hing. Auf dem Schild stand in großen Buchstaben VIP. Ich hängte es mir um und wartete, bis die anderen auch ihre *goldene Eintrittskarte* bekommen hatten. Ich kam mir auf eine ziemlich bescheuerte Art sehr wichtig vor. Schließlich war ich jetzt eine *very important person*.

Wir gingen durch das große, alte Burgtor aufs Gelände. Zu dem Zeitpunkt wusste ich noch nicht, dass mich Sekunden später der Schlag treffen würde.

Ich war auf einiges vorbereitet, darauf nicht. Wie ange-
wurzelt blieb ich stehen.

„Heilige Scheiße", entfuhr es Chris.

Ich sah zu Manu, dann schaute ich zurück aufs Festivalgelände. Die Bühne hatte die Dimension von drei Flug-
zeugträgern - mindestens.

„Ganz schön groß", meinte Mokka trocken.

„Darauf werden wir aussehen wie Playmobilfiguren."
Ich versuchte zu scherzen, aber mir war nicht wirklich
nach einem Witz zumute.

„Hängt ganz von deiner Performance ab." Mokka zwinkerte mir zu.

„Welcher Performance?"

„Hey, du bist unser Frontmann, du musst die Show liefern, das ist dir doch wohl klar, oder? Hoffentlich kannst
du gut tanzen." Mokka grinste, er hatte mal wieder richtig
Spaß. Ich konnte überhaupt nicht tanzen.

„Tanz du doch!"

„Hinter dem Schlagzeug?"

Manu schlug vor, erst mal in Ruhe ein Bier zu trinken und
dann die Bühne aus der Nähe zu betrachten. Also gingen
wir zu einem dieser Bierdinger. Pilze, oder wie die hießen.
Ich sah auf die Tafel über dem Zapfhahn, die Preise waren ganz schön gesalzen.

„Hey, ihr seid doch die Jungs von *pretty green*, oder?"
Wie aus dem Nichts stand sie hinter uns. Jeans, Flipflops
an den nackten Füßen, die Fußnägel schwarz lackiert.
Knappes Shirt, hübsches Gesicht und lange, dunkle
Haare. Sie trug ein Klemmbrett unter dem Arm, was da-
rauf schließen ließ, dass sie irgendwie zum Festivalteam

gehörte. Außerdem hatte sie auch ein VIP-Schild um den Hals.

„Yep", meine Mokka, „und dieser junge Mann hier braucht dringend ein Bier, um sich von seinem Schock zu erholen." Dabei klopfte er mir kumpelhaft auf die Schulter.

„Schock?" Sie sah mich an.

„Mokka übertreibt, ich hab nur nicht mit einer so großen Bühne gerechnet."

„Ja, das stimmt", sie lachte mich an, „die ist dieses Jahr noch größer als sonst, da kann man sich echt drauf verlaufen. Aber keine Panik, das wird cool morgen."
Sie lächelte mich noch mal an, irgendwas in meinem Bauch zog sich kurz zusammen.

„Tino, mach den Jungs mal ein Bier, das geht auf uns."
Sie gab dem Wirt ein Zeichen und der begann, vier Bier zu zapfen.

„Das ist aber nett, danke." Ich versuchte mich ebenfalls an einem Lächeln.

„Ich bin übrigens Maritta, ich betreue auf dem Festival die Supportbands. Wir werden also morgen den Nachmittag und Abend zusammen verbringen."

„Das klingt, als würde es ein ziemlich aufregendes Festival werden." Mokka zwinkerte ihr zu und grinste sie herausfordernd an, sie grinste zurück.

„Das sind Manu, Chris und Mokka, und ich bin Jonas", stellte ich uns vor. Reichlich spät.

„Wollt Ihr mal den Backstagebereich sehen?"
Klar wollten wir.

Wir gingen also mit Maritta Richtung Bühne, jeder einen

Pappbecher voll Bier in der Hand.

Je näher wir der Bühne kamen, desto größer wurde sie. In meinem Magen flatterte eine ganze Armee aufgescheuchter Vögel herum. Groß wie Tauben, mindestens. Wir sind schlicht größenwahnsinnig gewesen, als wir uns für den Supportgig beworben haben.

Der komplette Backstagebereich lag hinter der Bühne. Die Security ließ uns ungefragt durch, Maritta war der lebende Türöffner. Überall standen Wohnwagen und Zelte und es huschten aufgeregte Leute herum. Die angespannte Stimmung war mit Händen zu greifen. Ich sah auf die Uhr. Die erste Band würde schon bald spielen.

Eine schmale, dunkelhaarige Frau stand an einem überdimensionalen Grill, auf dem mindestens 30 Steaks und 50 Würstchen darauf warteten, hungrige Musiker satt zu machen. Ihr rechter Arm war komplett tätowiert, was ziemlich cool aussah.

„Hier haben wir das Zelt für die Supportbands, leider nur eines, das müsst ihr euch morgen mit den anderen teilen." Maritta ließ uns einen kurzen Blick rein werfen. Im Zelt war es brüllend heiß und die Luft extrem schlecht, aber es war ein echter Backstage. An der einen Wand eine lange Reihe Tische, auf denen Spiegel standen. Davor saßen zwei Frauen, die sich schminkten. Sie sahen kurz auf und sagten Hallo, dann pinselten sie weiter. An der anderen Wand standen drei Kühlschränke, die träge vor sich hin brummten. Es war eine ziemlich aufregende Atmosphäre.

„Wenn ihr wollt, könnt ihr noch ein bisschen hier hinten bleiben. Ich muss jetzt allerdings schauen, dass ich die erste Band auf die Bühne bekomme." Maritta lächelte uns an und verschwand. Jetzt erst bemerkten wir die Jungs, die vor dem hinteren Bühnenaufgang standen. Sie versuchten, cool zu wirken, aber man sah ihnen ihre Nervosität an. So würde es uns morgen auch gehen. Die Taubenarmee in meinem Bauch flatterte aufgeregt hin und her.

„Schau mal, Jonas, so stehen wir da morgen auch." Mokka klopfte mir wieder auf die Schulter und lachte laut. Für ihn schien das alles ein großer Spaß zu sein.

„Maritta ist richtig cool, oder?" Er grinste in die Runde. „Mal sehen, ob ich da was ans Laufen kriege."

„Ist die nicht ein bisschen zu alt für dich?", fragte Manu. Mokkas Antwort konnten wir nicht mehr verstehen, denn in dem Augenblick brach ein ohrenbetäubender Lärm los.

Die erste Band war am Start. Es war so laut, dass an eine Unterhaltung nicht mehr zu denken war. Also gab ich den anderen ein Zeichen, vor die Bühne zu gehen. Da war es zwar genauso laut, der Sound aber eindeutig angenehmer. Was wir zu sehen bekamen, allerdings nicht.

Das Festivalgelände war noch ziemlich leer und die meisten Leute standen weiter hinten an den Bierständen. Die Jungs auf der Bühne sahen aus, als hätte man sie im Kinderparadies abgegeben und dort vergessen. Außer uns sahen nur noch ein paar Mädchen und ein älteres Ehepaar zu. Der Applaus nach ihrem ersten Lied war lächerlich. Die Mädchen grölten zwar ein bisschen, das war es aber auch schon. Unsicher sahen sich die Jungs an, dann begannen sie mit dem zweiten Song. Ich fand gar nicht schlecht, was sie spielten. Aber sie wirkten auf der riesigen Bühne einfach total verloren. Da es noch taghell war, richteten die Scheinwerfer auch nicht viel aus, obwohl mindestens hundert davon unter der Decke hingen und ihr Bestes gaben.

Manu, Chris und ich sahen uns betreten an, Mokkas Selbstbewusstsein schien allerdings nicht erschütterbar zu sein. Er wippte mit dem linken Fuß auf und ab und hatte sichtlichen Spaß.

„Meine Eltern kommen auf jeden Fall - und noch mindestens vier Kumpels", meinte Manu.

„Meine auch, und Cara und Sina, außerdem meine … ähm … Großeltern", erwiderte ich leicht verlegen.

„Von mir kommt die ganze Familie", brummte Chris. Wir sahen zu Mokka.

„Na, dann haben wir unser Publikum ja zusammen", grinste er.

Als wir am nächsten Tag gegen fünfzehn Uhr auf das Gelände kamen, war die Bühne bereits voll mit Equipment. Neben der Bühne standen drei Siebeneinhalbtonner mit offenen Türen, sie waren leer.

Lands End machten Soundcheck, allerdings ohne Miller. Wir blieben kurz vor der Bühne stehen, in der Hoffnung, ihn irgendwo zu entdecken, aber er war nicht da. Eine ältere Frau lief über die Bühne und gab Anweisungen. Man könnte auch sagen, sie terrorisierte alle, die sich in ihrer Nähe befanden. Jedenfalls tat sie furchtbar wichtig. Sie trug zu enge Jeans, ein zu enges Shirt und hatte weiße Cowboystiefel an, die vielleicht in den Neunzigern mal modern gewesen waren. Außerdem hatte sie sich einen Kopfhörer um den Hals gehängt. Vermutlich, um ihre Wichtigkeit zu unterstreichen. Die Leute, die mit ihr zu tun hatten, verdrehten die Augen, sobald sie außerhalb ihres Gesichtsfeldes war.

Zwei sehr junge Frauen, beide mit raspelkurzen, strohblond gefärbten Haaren, spielten die Gitarren an, der Monitormischer schrie was in die Menge, die Lichttechniker standen auf den Leitern und justierten die Scheinwerfer. Mit anderen Worten, es war schwer was los.

Mein Puls begann zu rasen. Auf der Bühne würden wir heute Abend stehen und spielen müssen.

Maritta nahm uns in Empfang und zeigte uns einen Platz, wo wir unsere Instrumente sicher zwischenlagern konnten. Dann gingen wir in das Backstagezelt.

Die drei Frauen von *Riott* waren schon da. Sie saßen in Slip und BH vor dem Spiegel und schminkten sich.

„Ähm, sollen wir draußen warten, bis ihr angezogen seid?", fragte ich.

„Wieso, sind wir hier im Mädchenpensionat?" Eine der drei sah mich an - und mir zog es den Boden unter den Füßen weg. Sie hatte so unglaubliche Augen, dass ich kaum wieder wegsehen konnte.

„Heißt das, wir können rein kommen?"

„Mensch, Jo, mach doch nicht so einen Umstand", Mokka schob mich beiseite und ging zu den drei Frauen. „Hallo, ihr Schönheiten", er gab ihnen die Hand und kam ihnen dabei sehr nah. Zu nah.

„Wir sind *the pretty green* und spielen vor euch", übernahm ich wieder. „Mokka, Manu, Chris. Und mein Name ist Jonas."

„Hallo *pretty green*." Die schönen Augen sahen mich wieder an. „Ich bin Cold - und mein Name ist Programm."
Was sollte das denn heißen?

„Skoona", stellte sich die nächste vor.

„Und ich bin Tott."
Ich konnte kaum wegschauen. Alle drei waren unglaublich schöne Frauen und sie hatten - ziemlich wenig an.

Mokka zwinkerte uns zu und grinste sein freches Grinsen. „Wenn wir irgendwie helfen können?"
Cold schenkte ihm einen kurzen, sehr kühlen Blick, dann sah sie wieder in den Spiegel. Wir setzten uns auf die Couch, was aber irgendwie auch komisch war. Ich kam mir vor wie ein Spanner.

„Komm, wir schauen mal, was auf der Bühne so los ist", sagte ich deshalb, und Manu und Chris trabten hinter mir her. Mokka blieb, wo er war.

Die zwei blonden, kurzhaarigen Frauen zupften immer noch auf den Gitarren rum und verständigten sich mit dem Monitormann, den eine groteske Vokuhila-Frisur zierte. Wie konnte ein einziger Gitarrensoundcheck nur so lange dauern? Und wozu, um alles in der Welt, brauchte man zwei Gitarrenroadies?
Die Mädels sahen sich hin und wieder vielsagend an. Sie waren eindeutig für die Männerwelt verloren, schade eigentlich.
Ich musste an die Augen von dieser Cold denken.
Dann kam er auf die Bühne. Ich spürte, wie Manu und Chris den Atem anhielten.

Miller! Groß und breit wie eine Eiche, tätowiert bis unters Kinn. Er nahm eine Gitarre entgegen, ohne dabei die Frau, die sie ihm reichte, auch nur eines Blickes zu würdigen, und stellte sich vor das Mikro. Dann spielte er ein paar Takte, stutzte, und brüllte *Great fuck!*

Für einen Moment hatte ich Angst, er würde die Gitarre zerdeppern.

Es kursierte das Gerücht, dass Miller ein schwieriger Charakter sei, aber ich hatte das immer für einen Imagegag gehalten.

Eine der zwei Frauen brachte ihm schnell eine andere Gitarre, die er wortlos entgegen nahm, dann begann das Spiel von vorne. Scheinbar war dem Typen keine der Gitarren recht. Ganze vier Mal wechselte er noch, dann begann er zu spielen. Und das konnte er wirklich, wie sonst kein anderer. Ich muss sagen, ich war ziemlich froh, dass wir nicht direkt vor ihm dran waren, der unmittelbare Vergleich wäre mir echt peinlich gewesen. Obwohl wir die Einzigen waren, die vor der Bühne standen, ignorierte Miller uns komplett. Was für ein arroganter Arsch!

„Na, schon aufgeregt?" Maritta stellte sich zu uns.

„Geht so." Ich sah auf die Uhr. „Müssten nicht die Mädels von *Riottt* schon längst beim Soundcheck sein?"

„Eigentlich schon, aber *Lands End* sind erstens ´ne Stunde zu spät gekommen und dann haben die sich ewig Zeit gelassen."

„Ähm, klappt denn zeitlich noch alles mit unseren Soundchecks?"

„Wird schon etwas eng, aber wenn der Kerl da oben jetzt schnell macht, kriegen wir das hin."

31

Der Kerl da oben machte allerdings überhaupt nicht den Anschein, als wäre er in Eile. Gerade ließ er sich ein Bier bringen und zündete sich eine Zigarette an. Oder war es ein Joint? Dann brüllte er dem Monitormischer etwas zu und spielte weiter. Wir gingen zurück ins Zelt.

Cold holte ihr Handy raus und schaute auf die Uhr. „Die Typen könnten so langsam mal fertig werden." Sie wirkte allerdings überhaupt nicht nervös, sondern ausgesprochen cool.

„Und, wie war es draußen?", fragte Mokka.

„Miller ist ein Arsch."

„Das ist ja bekannt."

„Ich hab es eigentlich immer für einen PR-Gag seiner Plattenfirma gehalten."

Maritta steckte ihren Kopf ins Zelt. „Mädels, es dauert noch etwas."

„Wie lange?", fragte Cold.

„Keine Ahnung."

„Ich gebe dem Typen noch zehn Minuten."

„Ach nee, und wenn *der Typ* in zehn Minuten nicht fertig ist, was machst du dann?" Maritta grinste.

Cold sah sie kühl an. „Ich mache gar nichts, du bist doch dafür verantwortlich, dass wir einen ordentlichen Soundcheck machen können, oder?"

„Dieser Miller ist unberechenbar, Cold. Sein Management hat uns immer wieder darauf geimpft, ihm bloß keinen Stress zu machen."

„Wenn du ihm keinen Stress machen willst, dann mach ich ihm den eben." Cold sah noch einmal auf ihr Handy. „Und zwar in genau neun Minuten."

Neun Minuten später war die Situation unverändert, Miller spielte Gitarre und es hörte sich überhaupt nicht danach an, als wolle er zum Ende kommen.

Cold sah auf ihr Handy, dann ging sie raus. Wir hinterher, das wollten wir uns auf keinen Fall entgehen lassen. Auch wenn wir keine Ahnung hatten, was sie nun tun würde. Ohne jedes Zögern stieg sie die Treppe rauf, überquerte die Bühne und tippte Miller auf die Schulter. Die zwei weiblichen Roadies machten Gesichter, die mich Schlimmes ahnen ließen. Verdutzt hörte Miller auf zu spielen. Cold sagte etwas zu ihm, was wir leider nicht verstehen konnten. Sein Gesichtsausdruck war nicht zu deuten.

Dann kam sie zurück und sah ihre zwei Bandkolleginnen an. „Macht euch mal bereit, in spätestens zwei Minuten sind wir auf der Bühne."
Und wirklich, zwei Minuten später war der Soundcheck von *Lands End* vorbei.

Ich war beeindruckt, schwer beeindruckt sogar. „Ähm, was hast du dem Typen den gesagt?"

Sie sah mich mit ihren schönen Augen an. „Na, dass wir jetzt dran sind."

„Und was hat er geantwortet?"

„Okay." Sie grinste.

Inzwischen war auch *Motorlärm* eingetroffen. Die Jungs waren definitiv noch keine sechzehn, dafür aber mindestens so nervös wie ich. Im Backstage wurde es jetzt ziemlich eng, aber wir arrangierten uns. Meine steigende Nervosität blieb meinen Bandkollegen nicht verborgen.

„Komm mal mit raus", Mokka tippte mir auf die Schulter. „Du musst ein bisschen runter kommen, Jo", sagte er vor dem Zelt, zündete sich einen Joint an und reichte ihn mir. Ich schüttelte ganz entschieden den Kopf.

„Nur einen Zug, das entspannt."

„Ich bin tiefenentspannt!"

Mokka lachte und hielt mir den Joint vor die Nase. Ich nahm also einen Zug. Und dann ganz schnell noch einen zweiten.

„Hey, das ist ziemlich guter Stoff, wenn man den nicht gewohnt ist, dann sollte man lieber vorsichtig sein. Das kann sonst ganz schön nach hinten losgehen." Er grinste und klopfte mir auf die Schulter. „Alles wird gut, wir werden viel Spaß haben auf der Bühne, okay?"

„Klar werden wir viel Spaß haben."

Ich hatte beim Soundcheck schon ziemlich viel Spaß. Irgendwie fühlte ich mich, als würde ich ein paar Zentimeter über dem Bühnenboden schweben.

Manu sah mich an. „Alles okay, Jo?"

„Klar, alles super, wir werden nachher viel Spaß haben." Chris runzelte leicht die Stirn.

Wir zogen den Soundcheck in einer halben Stunde durch, danach war *Motorlärm* dran.

Für uns hieß es nun, Warten bis zu unserem Auftritt. Manu, Chris und ich legten uns unter einen Baum, der vor dem Zelt stand, da war es weniger heiß und weniger eng. Mokka schwirrte irgendwo rum. Der Schwebezustand war vorbei und meine Nervosität zu alter Form aufgelaufen. Wir blieben einfach im Gras liegen. Ich mit klopfendem Herzen und rasendem Puls.

Motorlärm, die ihrem Namen alle Ehre machten, waren beim vierten Lied. Noch eines, dann waren wir dran.

Wir nahmen unsere Instrumente und gingen schon mal Richtung Bühne. Da wir in der gleichen Besetzung spielten, musste nicht umgebaut werden. Wir sollten gleich im Anschluss auf die Bühne gehen.

„Wo ist Mokka?" Ich sah mich um.

„Keine Ahnung, vielleicht noch mal schnell für kleine Königstiger", meinte Manu und grinste. Er fand sich witzig. Beim letzten Song von *Motorlärm* war Mokka immer noch nicht da.

„Scheiße, wo ist dieser Idiot?" Ich lief zu den Toiletten, sie waren leer. Im Zelt war er auch nicht. „Wisst ihr, wo Mokka ist?", fragte ich die drei Mädels, die sich gerade von einem Mädchen mit Rastalocken ihre langen Arme und Beine mit Hennatattoos verschönern ließen. Sie wussten es natürlich nicht.

„Wer hat ihn zuletzt gesehen?", fragte ich Chris und Manu.

„Ist schon etwas her", brummte Chris.

„Wo?"

„Vor der Bühne, er unterhielt sich mit Maritta."

„Was zum Teufel machen wir jetzt?"

„Ruhig Blut, Jo, der taucht schon auf." Manu sah mich an und legte seine Hand auf meine Schulter.

„Und wenn nicht?"

„Dann haben wir allerdings ein Problem."

Die Jungs von *Motorlärm* holten sich ihren Applaus ab, es klang so, als wären mehr Leute da als gestern. Von Mokka keine Spur.

„Verdammte Scheiße!" Ich lief vor die Bühne und scannte das Festivalgelände. Es waren sogar ziemlich viele Leute da. Etwas weiter weg stand meine Familie, sie sahen mich allerdings nicht. *Motorlärm* packten ihre Instrumente ein und gingen von der Bühne.

Dann sah ich ihn. Mokka lag ganz entspannt im Gras, zusammen mit Maritta und er hatte - natürlich - einen Joint in der Hand.

Ich ging zu ihm und versuchte, meinen Ärger zu unterdrücken. „Hey Mokka, es wäre vielleicht gar keine so schlechte Idee, wenn du dich mal hinter die Bühne bemühen würdest, sieht nämlich ganz so aus, als wären wir jetzt dran."

Er lachte und reichte mir den Joint. Ich sah zu meiner Familie, sie hatten mich noch nicht entdeckt. Also nahm ich schnell einen tiefen Zug und gab ihm den Joint zurück.

Maritta stand auf und klopfte sich Gras von ihrer Jeans. „Du hast recht, Jonas, jetzt solltet ihr so langsam auf die Bühne." Ihre Augen waren glasig.

Wir gingen zusammen nach hinten, wo uns Manu und Chris ziemlich nervös erwarteten. Der Stagemanager stand bei ihnen. Er war vielleicht vierzig. Jeans, kurze Haare, hageres Gesicht, er schrie etwas in sein Handy, dann sah er uns an.

„Man, man, man, so kann ich wirklich nicht arbeiten", sagte er, „also los, auf die Bühne, ihr seid schon fünf Minuten über der Zeit." Er warf Maritta einen wütenden Blick zu, die zuckte nur mit den Schultern.

„Immer mit der Ruhe, Sam. Die Jungs gehen auf die Bühne, wenn ich das sage." Sie sah uns der Reihe nach an. „Alles klar bei euch?"

Wir nickten leicht beklommen.

„Wenn ihr noch fünf Minuten braucht, dann ist das kein Problem." Sam schnaubte.

„Keine schlechte Idee", meinte Manu.

Sam und Maritta ließen uns allein.

Ich schnappte mir meine Gitarre und sah die Jungs an. „Wir gehen da jetzt rauf und liefern eine coole Show ab, okay?" Ich hörte mich an wie ein amerikanischer Coach. Fühlen tat ich mich allerdings ganz anders.

Mokka grinste in die Runde, dann gab er Maritta ein Zeichen.

Sie kam sofort zu uns. „Ihr seid bereit?" Sie sah jeden von uns kurz an, wir nickten. „Dann nichts wie rauf mit euch!"

Meine Knie zitterten, als ich die Treppe rauf ging. Ich sah den Rücken vom Monitormann. Auf seinem Shirt stand: *Don´t ask me about light, I´m sound*. Sehr witzig.

Aus dem Publikum gab es vereinzeltes Klatschen, als man uns erblickte. Vermutlich von meiner Familie. Haha. Nachdem wir unsere Instrumente eingesteckt und nachgestimmt hatten, sah ich zu den anderen und nickte, Mokka zählte an - und es ging los.

Als Opener hatten wir *perfect day* gewählt, der Song kam ziemlich gut an.

Ich begann mich zu entspannen und machte eine Ansage. Meine Stimme zitterte fast gar nicht. Ein paar Leute im Publikum lachten sogar über den kleinen Witz, den ich

37

mir am Vorabend zurechtgelegt hatte.

Während ich beim nächsten Song ein Solo spielte, schaute ich über das Festivalgelände. Überall Bier- und Essensstände, die mit Lichterketten beleuchtet waren. Weiter hinten auf dem Hügel saßen die Leute im Gras. Vor der Bühne standen sie, es waren ziemlich viele. Im Publikum sah ich meine Oma, sie lächelte mir zu. Sasa, Vivien und Sabrina waren natürlich auch da. Und - schau an - Mark gab sich die Ehre.

Ganz vorne am Bühnenrand stand Rene. Als ich zu ihm blickte, hob er anerkennend den Daumen. Das flattrige Gefühl in meinem Magen wich einem angenehmen Kribbeln. Ich begann das Konzert zu genießen. Es waren zwar noch keine tausend Besucher da, aber mehrere hundert waren es sicher, die direkt vor der Bühne standen und uns zuhörten. Und zujubelten.

Das Bauchkribbeln verwandelte sich langsam in Euphorie. Ich sah zu den anderen, ihnen ging es ähnlich, sie hatten echt Spaß.

Nach unserem letzten Song gingen wir zusammen nach vorne an den Bühnenrand und ließen uns beklatschen.

Die aufregendste halbe Stunde meines bisherigen Lebens lag hinter mir.

An der Bühnentreppe warteten die *Riottt*-Mädels auf ihren Auftritt. Sie sahen wahnsinnig gut aus. Jede in einer engen, hellbraunen Wildledershorts und entsprechendem Oberteil, das irgendwie nur aus Bändern zu bestehen schien. Arme und Beine nackt, verziert mit Tattoos. Wie Amazonen. Den Auftritt wollte ich auf keinen Fall verpassen.

Mokka reichte einen Joint rum, wir zogen alle einmal dran, während die Mädels auf die Bühne gingen.

Ein Raunen ging durchs Publikum.

„War das geil, oder?" Ich sah meine Jungs an. Sie grinsten selig.

„Hab ich doch gleich gesagt, Jo." Mokka schlug mir auf die Schulter.

Riottt begannen zu spielen. Wir holten uns schnell ein Bier aus dem Kühlschrank und gingen vor die Bühne. Meine Eltern, Sina und Cara und meine Großeltern winkten mir zu, blieben aber, wo sie waren. Dafür war ich ihnen dankbar.

Cold fegte mit ihrer Gitarre barfuß über die Bühne wie eine Naturgewalt. Tott und Skoona standen ihr in nichts nach. So mancher stand mit offenem Mund im Publikum und konnte kaum glauben, was ihm da geboten wurde.

Du kannst mit mir spielen
ich spiele mit Dir
aber morgen, sei sicher
bin ich nicht mehr hier

röhrte - nein - rotzte Cold ins Mikro, während sie ihre Gitarre malträtierte. Tott drosch auf das Schlagzeug ein, als würde sie es zertrümmern wollen. Und Skoona spielte einen so wütenden Bass, wie ich ihn noch nie gehört hatte. Und bei all der Energie hörte man genau, dass jeder Ton exakt saß. Die drei konnten was. Sie beherrschten ihre Instrumente im Schlaf, hatten super Stimmen und lieferten eine unglaubliche Performance ab.

Nach ihrem letzten Song gingen wir zurück in den Backstagebereich, jetzt würde es etwas dauern, bis *Lands End* auftraten. Die *Riott*-Frauen gingen gerade Richtung Zelt, alle drei schweißgebadet, als sich ihnen Miller in den Weg stellte. Breit grinsend stand er da. Ich hielt die Luft an, was passierte da?

Cold sah in an. „What?"

Er grinste noch immer, dann legte er ihr kurz seine behaarte Pranke auf die Schulter und sah ihr in die Augen.

„Great Performance, Ladies!" Laut lachend ging er weiter zu seinem Wohnwagen.

Die drei Frauen verschwanden im Zelt, aus dem kurze Zeit später vier Jungs mit hochroten Köpfen flüchteten. *Motorlärm!* Vermutlich haben die Frauen einfach alle Hüllen fallen lassen.

Mokka zwinkerte mir zu, ich zwinkerte zurück. Wir zwei setzten uns an eine Bierbankgarnitur unter einen Baum. Manu und Chris standen am Grill. Ich hatte absolut keinen Hunger.

Mokka sah mich an. „War ein cooler Gig, Jo. So viel Lockerheit hatte ich dir gar nicht zugetraut."

„Dem Joint sei Dank!"

Mokka grinste und holte seine kleine, silberne Dose raus.

„So war das nicht gemeint, Mokka."

„Ach, komm schon, es gibt wirklich ziemlich gute Gründe, heute mal richtig zu feiern, oder?"

„Schon." Ich rauchte also mit und wurde sehr schnell sehr albern. Ich hatte das wahnsinnige Gefühl, unsterblich zu sein.

Mokka grinste mich an. „Lust auf eine Wette, Jo?"

„Was denn für eine Wette?"

Er holte eine Münze aus der Tasche. „Kopf oder Zahl?"

Ich zögerte einen Moment. „Zahl."

Mokka schüttelte die Münze in seiner geschlossenen, linken Hand, spuckte einmal drauf und ließ sie auf seinen rechten Handrücken fallen, noch verdeckte die linke das Ergebnis.

Er sah mich an, etwas in seinen Augen blitzte diabolisch auf. „Bei Zahl bin ich dran, bei Kopf du, einverstanden?"

„Womit denn dran?" Ich konnte nicht ganz folgen.

„Wenn ich verliere, dann denkst du dir was aus, was ich tun muss. Wenn du verlierst, dann denke ich mir was aus."

„Was denn?"

„Ganz egal was, wichtig - absolut wichtig - ist nur, dass wir es dann auch wirklich tun." Er sah mir in die Augen.

„Alles klar, Jonas?"

„Alles klar!"

Er hob die Hand hoch. Kopf!

Ich kicherte. „Und, was soll ich jetzt machen? In der Backstageküche hundert Teller spülen?"

Mokka grinste frech. „Darüber denke ich in Ruhe nach."

Ich war komplett stoned, deshalb fand ich es auch total normal, absolut blöde Witze zu reißen und immer mal wieder laut aufzulachen. Skoona, Tott und Cold kamen an unseren Tisch.

„Na, hier scheint es ja lustig zuzugehen. Dürfen wir uns dazusetzen?"

Klar durften sie.

Ich schaute Cold an. „Du hast die schönsten Augen, die ich je gesehen habe."

Hab ich das gerade wirklich gesagt? Offensichtlich.

Cold blieb cool und sagte nur danke. Wahrscheinlich hörte sie das sowieso ständig, so ungefähr dreimal die Stunde.

„Cold bleibt cool, hihi. Die coole Cold - die colde Cool." Ich hatte voll einen sitzen und sonderte einfach weiter komplett sinnfreien Text ab. Die Ausdrücke *easy* und *groovy* bildeten dabei die Glanzstücke meiner philosophischen Betrachtungen.

„Kann bei dem mal jemand den Stecker ziehen?", fragte eins der Mädels. Ich musste wieder kichern.

„Ich hole ihm mal was zu essen", meinte Manu. Kurze Zeit später stellte er einen Teller vor mich, bis oben hin gefüllt mit Salat und Steaks. Auf einmal hatte ich einen mörderischen Hunger und schlang alles in einem Affentempo in mich rein.

Chris stellte ungefragt ein Glas Wasser vor mir auf den Tisch und ich trank folgsam.

Dann wurde mir schlecht. „Ich glaube, ich muss mal kotz …" Bis zum Toilettenwagen schaffte ich es noch, bis zur Toilette allerdings nicht mehr. Ich kotzte knapp daneben.

Die Reinigungskraft, eine kleine, sehr dicke Frau, schimpfte wie ein Rohrspatz und verlangte energisch nach einem Trinkgeld.

Ich spülte mir erst mal den Mund aus und wusch mir das Gesicht. Danach fühlte ich mich besser, viel besser. Ich gab der Frau zehn Euro und ging zurück zu den anderen.

Manu sah mich besorgt an. Ich setzte mich und sagte nichts mehr. Mokka hatte übernommen und unterhielt die Mädchen. Nach und nach dämmerte mir, dass ich wohl gerade nicht das beste Bild abgegeben hatte.

„Kiffen ist verkackte Scheiße!", nuschelte ich, alle lachten. Ich hatte einen Witz gelandet, immerhin.

Mokka schlug mir auf die Schulter. „Ich hab dich gewarnt, Alter."

Cold sah mir in die Augen. Sie sah mir wirklich in die Augen. Cold! Mir!

„Du bist ja vielleicht ein dämlicher Hund", sagte sie.

„Thanksgiving", antwortete ich, keine Ahnung, warum. „Hä?"

„Thaaanksgiviiiing!" Nüchtern war was anderes.

Manu lachte sich schlapp. „Scheiße, du hast ja echt einen durchgezogen."

Cold lachte jetzt auch. Süße, süße Cold. Mit den schönen Augen.

Ich war stolz, total stolz. Worauf, wusste ich allerdings selber nicht.

Dann stand ich auf, torkelte unter einen Baum, ließ mich fallen und blieb liegen.

Sekunden später zog jemand den Stecker.

Eine Truthahndame sah mir direkt in die Augen. Sie war groß wie ein Bernhardiner und lächelte mich an.

Hallo, schöner Mann, so allein heute Abend?, fragte sie.

Dann streckte sie ihre lange, lilafarbene Zunge aus und leckte mir übers ganze Gesicht. Es war schrecklich, absolut schrecklich.

Und das an Thanksgiving.

„Hey Jo, komm mal so langsam wieder zu dir." Jemand rüttelte an meiner Schulter, ich wurde wach.

Seltsam wach, so wach wie noch nie.

Ich setzte mich auf und schaute um mich. Alles war wie vorher, nichts hatte sich verändert. Bis auf meinen Mund, in dem in der Zwischenzeit etwas verendet sein musste. Jedenfalls schmeckte es danach.

„Scheiße, was war das denn?" Ich sah in Manus Gesicht, der grinste nur und reichte mir eine Flasche Wasser. Dann sah ich zu den anderen.

„Na, geht es wieder?" Cold lächelte zu mir rüber.

Ich winkte ihr zu. „Alles bestens!"

„Hab ich großen Müll geredet?", fragte ich Manu im Flüsterton.

„Kann man wohl sagen."

„Scheiße!"

Dann brach unglaublicher Lärm los, das Konzert von *Lands End* begann. Ich rappelte mich hoch und wir gingen alle zusammen vor die Bühne, jetzt war es richtig voll auf dem Gelände. Miller zog eine unglaubliche Show ab.

„Ganz schöner Affe, dieser Miller." Cold stand grinsend neben mir.

„Findest du?"

„Absolut, der Mann ist der Antityp schlechthin."

„Wenn du das sagst."

„Sag ich."

„Ähm, also wegen vorhin, das ist eigentlich nicht so meine Art, ich meine, ich kiffe eigentlich nicht."

„Es gab durchaus komische Momente."

„Thanksgiving?", grinste ich schief.

44

„Thanksgiving!" Sie lächelte mich an, ich lächelte zurück.

„Wollen wir was zusammen trinken, da hinten an der Bar?", fragte sie mich.

Ups, damit hatte ich jetzt nicht gerechnet. Ich überlegte kurz. Mein Atem roch vermutlich noch immer nach verwestem Tier.

„Klar, sehr gerne. Ich muss nur noch schnell was im Backstage erledigen und komme gleich", sagte ich, lächelte sie noch mal an und flitzte hinter die Bühne.

Ich musste mir unbedingt die Zähne putzen. Ich sprintete in den Toilettenwagen und sah die Reinigungskraft an, die hob abwehrend die Hände.

„Keine Sorge, ich bin okay. Haben sie vielleicht Zahncreme?"

Sie sah mich ungläubig an, dann schüttelte sie den Kopf. Ich also wieder raus und in den Backstage. Dort war niemand, aber auf einem der Tische lag eine Tube Zahnpasta und eine Zahnbürste. Die sah schon ziemlich ramponiert aus, aber das war jetzt egal.

Als ich zum zweiten Mal den Toilettenwagen betrat, war ich alleine, putzte mir kurz die Zähne, schüttete noch mal kaltes Wasser in mein Gesicht und strich mit allen zehn Fingern durch meine Haare. Dann schmiss ich die Zahnbürste in den Müll, legte die Tube Zahnpasta zurück und ging zu der Bar, an der Cold mit einem Glas in der Hand auf mich wartete.

„Ich kiffe sonst wirklich nie, ehrlich", sagte ich, nachdem ich bei ihr angekommen war.

„Ist doch kein Ding." Sie lächelte mich an.

„Aber meine Festplatte hatte einen Totalabsturz."

„Ist mir auch schon mal passiert."

„Das ist nicht schön."

Sie lächelte wieder, meine Knie wurden weich, sie sah einfach so unglaublich gut aus.

„Nö, schön ist was anderes", sagte sie, dann schaute sie mir in die Augen und küsste mich.

Einfach so. Ich war komplett von den Socken. Ich meine, ich dachte, ich bin ein dämlicher Hund?

„Ich dachte, ich bin ein dämlicher Hund?", sagte ich, nachdem ich wieder zu Atem gekommen war.

„Bekifft, ja."

„Ich kiffe ganz sicher nie wieder."

Sie grinste. „Ich fand´s lustig. Alles so *easy* und *groovy*."

Ich wurde rot, sie lachte und küsste mich noch mal, ziemlich lange - und sehr leidenschaftlich.

Dann sah sie mich an. „Nimm das jetzt bloß nicht ernst."

„Was soll ich nicht ernst nehmen?"

„Ich hatte einfach Lust, ein bisschen zu knutschen, hat nichts weiter zu bedeuten." Sie zwinkerte mir zu, dann war sie weg.

Was war das denn jetzt?

Ich suchte meine Familie, wir hatten noch gar nicht miteinander gesprochen und ich fühlte mich jetzt wieder klar genug, ihnen gegenüberzutreten. Ich fand sie an einem der Essensstände. Sina holte sich gerade eine Pizza und die anderen warteten auf sie.

„Na Großer, das war ja richtig super!" Mein Dad klopfte mir auf die Schulter, die anderen nickten.

„Was?"

„Na, euer Auftritt."

Man, ich hatte das Gefühl, unser Auftritt war Lichtjahre her. „Ähm, danke. Hat auch echt Spaß gemacht."

„Kann ich mir vorstellen." Mein Dad sah mich prüfend an.

„Was ist, warum guckst du so komisch?"

„Bist du etwa betrunken?"

„Quatsch, ich hatte nur ein paar Bier."

„Ein paar?"

„Zwei oder drei, nicht der Rede wert."

„Du hast morgen früh Schule, das weißt du aber?"

„Dad! Ich bin neunzehn! Außerdem läuft so kurz vor den Ferien ohnehin nichts mehr in der Schule."

„Okay, okay. Ich hab nichts gesagt." Er grinste mich an. Offensichtlich war ich doch noch nicht wieder so nüchtern, wie ich es gerne gewesen wäre.

„Kann ich mal abbeißen?", fragte ich Sina. Die reichte mir ihre Pizza und ich futterte ihr mehr als die Hälfte weg. Sie protestierte zwar, ließ mich aber essen.

Nachdem wir noch ein bisschen gequatscht hatten, schlenderte ich zurück zum Backstagezelt, Cold suchen. Sie war nirgends, dafür aber meine Jungs, sie saßen im Zelt und tranken Bier, ich setzte mich zu ihnen. Cold würde schon irgendwann auftauchen.

Mokka sah mich einen Moment an, dann ging ein Grinsen über sein Gesicht.

„Was grinst du denn so dämlich?"

„Jetzt weiß ich es."

„Was weißt du jetzt?"

„Deine Aufgabe."

„Was für eine Aufgabe?"

Wovon redete der Typ eigentlich?

„Na, unsere Wette, schon vergessen?"

„Ach, unsere Wette. Die hundert Teller, die ich spülen soll." Ich grinste zurück.

„Hä? Kann mich mal jemand aufklären, worüber ihr redet?", fragte Manu.

Mokka sah erst ihn und dann Chris an. „Jo hat eine Wette gegen mich verloren - und nun muss der arme Kerl etwas machen, was ich ihm als Aufgabe stelle. Und kneifen gilt nicht." Er sah mich an. „Versprochen, Jo?"

„Klar ist das versprochen."

Er sah grinsend in die Runde, irgendwas flackerte in seinen Augen, das mich für eine Sekunde irritierte. „Okay, hier kommt deine Aufgabe: Die nächste Frau, die dieses Zelt betritt, legst du flach."

Ich musste lachen, dann sah ich Mokka an, er lachte nicht.

„Das ist ein Witz, oder?"

„Absolut nicht."

„Du spinnst ja wohl!"

„Versprochen ist versprochen." Er grinste frech.

„Und wie soll ich das anstellen? Ich meine, bin ich Harry Styles, oder was?"

„Das schaffst du schon, wir glauben an dich." Er sah zu Chris und Manu. „Oder glauben wir etwa nicht an ihn?"

„Das ist nicht dein Ernst, Mokka, oder?" Chris sah ihn an.

„Natürlich ist das mein Ernst. Und seien wir doch mal

48

ehrlich. Es gibt nur drei Frauen, die in den nächsten Stunden hier auftauchen können." Er sah grinsend in die Runde. „Und eine ist leckerer als die andere, oder?"

Mir gefiel nicht, wie er über die Frauen sprach. Ganz und gar nicht.

„Jetzt komm mal wieder runter, Mokka", meinte Manu.

Mokka grinste zu mir rüber. „Mir fällt da gerade noch was ein, Jo."

„Was?"

„Könnte natürlich auch sein, das Maritta mal vorbei schaut."

„Und?"

„Die ist für dich tabu, okay?"

Ich trank erst mal ein Bier und ließ Mokkas *Wette* sacken. Vielleicht wäre es ja Cold, die als nächstes das Zelt betrat. So unwahrscheinlich war das gar nicht.

Nach einer Weile hörten wir Frauenstimmen vor dem Zelt, jemand kicherte. Ich hielt die Luft an, während Mokka mich beobachtete.

„Hallo Jungs!" Sasa - eigentlich Susanne, aber wer will schon Susanne heißen - schob ihren Kopf in das Zelt.

„Shit", entfuhr es mir.

Unser Fanclub kam uns besuchen.

„Wie kommt ihr denn hier rein?" Ich versuchte, dem Blick von Mokka auszuweichen, es funktionierte nicht. Breit grinsend saß er da.

„Wir haben gesagt, dass wir der Fanclub sind, da haben sie uns durchgelassen." Sasa warf uns ein kollektives Küsschen zu, Vivien und Sabrina kicherten. Dann setzten sie sich zu uns und wir quatschten ein bisschen. Natürlich

49

fanden sie unseren Auftritt *ganz, ganz cool*.

Nach einer Weile sah Mokka mich an. „Hey Jo, hast du eigentlich ein Kondom dabei?"

Ich beschloss, ihn zu ignorieren. Die Mädchen kicherten natürlich wieder, war ja klar. Mokka stand auf und kramte in seiner Hosentasche rum, dann zauberte er ein ziemlich verknittertes Kondom hervor, das überflüssigerweise auch noch Billy Boy hieß. Er warf es mir zu, ich fing es nicht auf. Es landete vor mir auf dem Tisch und blieb dort liegen.

„Also Leute, ich bin mal eine Weile weg, hab noch ein Date." Mokka zwinkerte Sasa zu und verschwand.

„Was war das denn?", fragte sie.

„Der hat zu viel gekifft, würde ich sagen."

„Krass!"

Ich konnte sie nicht ansehen, Manu und Chris schon gar nicht. Die Situation war einfach total dämlich.

„Wollen wir wieder vor die Bühne gehen und den Rest der Show anschauen?"

Danke Manu! Wir gingen nach vorne und die Situation war erst mal entschärft.

Lands End waren bei der Zugabe, vor der Bühne sprangen die Leute zum Takt der Musik auf und ab. Die Veranstalter hatten das ganze Gelände mit brennenden Fackeln eingekreist, es sah sehr aufregend aus.

In zwei Tagen beginnen die Sommerferien. Meine Eltern werden mit dem Wohnmobil nach Frankreich fahren, wie jedes Jahr. Sina hat alle Unkenrufe von Mama eisern ignoriert und wird mit einer Freundin via Interrail durch Europa reisen.

Und ich, ich werde einfach zu Hause bleiben, alleine. Sturmfreie Bude. Bis mittags schlafen, dann mit einem Buch im Garten unter einen Baum, wieder schlafen. Oder ins Freibad gehen, zum Fußballtraining. In den Übungsraum mit meinen Jungs. Abends dann zum Open-Air-Kino oder in die Disco.

Es lagen sechs tolle Wochen vor mir. Und ich hatte vor, sie so richtig zu genießen.

Ich sah mich um. Überall Lichter und fröhliche Menschen. Cold stand bei einem der Bierstände, sie unterhielt sich mit einem Typen. Der legte einen Arm um sie. Mein Bauch zog sich unangenehm zusammen, als ich sah, wie sie ihn anlächelte. Ich musste sie wiedersehen. Unbedingt!

Als sie hinter die Bühne ging - ohne den Typen - ging ich ihr hinterher. Wie durch Zufall trafen wir gleichzeitig bei der Security ein.

Die hatten alle Hände voll zu tun, die Miller-Fans am Stürmen des Backstagebereiches zu hindern. Sie erkannten uns und winkten uns durch.

Ich ging mit Cold ins Zelt und tat so, als würde ich etwas suchen. Sie trug jetzt eine normale Jeans und ein Shirt, das allerdings verflucht eng war. Die Tattoos waren noch da. Sie packte ihre Sachen, scheinbar wollte sie gehen. Shit!

Nach einer Weile sah sie zu mir rüber. „Jetzt sag schon."

„Was soll ich sagen?"

„Dass du mich wiedersehen willst." Sie lächelte. „Oder willst du mich etwa nicht wiedersehen?"

Puh, die hat ja vielleicht ein Selbstbewusstsein. Ich zögerte einen Moment.

„Okay, dann eben nicht."

„Nein, nein, ich meine … ja … klar möchte ich dich gerne wiedersehen."

„Sag ich doch." Sie kam lächelnd auf mich zu.

Mein Herz begann zu rasen. Mit herausforderndem Blick baute sie sich vor mir auf. Irgendwas sollte ich jetzt offensichtlich tun, nur was?

„Ähm, du könntest mir deine Handynummer geben, dann rufe ich dich morgen an. Das heißt, wenn das okay ist für dich", stammelte ich.

Total uncool, Jonas Christensen, absolut total uncool!

Sie grinste ziemlich spöttisch, dann gab sie mir einen Schubs. Nur ganz sanft, ich verlor trotzdem das Gleichgewicht und landete auf dem Sofa.

Sie setzte sich rittlings auf meinen Schoß und drückte sich an mich. Meine Blutkörperchen hatten plötzlich alle das gleiche Ziel - und das war nicht der Kopf.

Sie küsste mich mit einer unglaublichen Leidenschaft, dabei glitt ihre Hand unter mein Shirt und strich über meine Brust. Ich konnte nur knapp ein Stöhnen unterdrücken. Als meine Hand unter ihr Shirt wollte, stand sie auf. Ganz plötzlich.

Sie sah mich an und zwinkerte. „Wenn du meine Handynummer willst, dann wirst du sie auch bekommen - irgendwie." Dann schnappte sie ihre Tasche und war aus dem Zelt.

Ich blieb einfach sitzen - wie der allerletzte Oberhorst!

Chris und Manu standen an einem Bierstand, der gerade schloss. Das Festivalgelände war jetzt fast leer.

„Na Jo, wo hast du dich denn rumgetrieben?" Manu zwinkerte mir zu.

„Backstage."

„Soso, Backstage also." Er grinste.

„Was gibt es da zu grinsen?"

„Mit der schönen Cold, oder?"

„Ich muss unbedingt Maritta finden."

„Warum das denn?"

„Habt ihr sie irgendwo gesehen?"

„Schon ewig nicht mehr, Mokka übrigens auch nicht."

Chris sah mich an. „Sag mal, Jo, diese Wette. Das machst du doch nicht wirklich, oder?"

„Keine Ahnung. Wenn ich´s nicht mache, wird Mokka mir das vermutlich bis in alle Ewigkeit vorhalten, oder?"

„Sasa hätte sicher nichts dagegen." Manu zwinkerte wieder.

„Was macht dich da so sicher?"

„Na, die steht doch voll auf dich."

„Quatsch, wie kommst du denn darauf?"

„Hallo! Hast du keine Augen im Kopf. Wie die dich immer anhimmelt."

„Du redest gestanztes Blech, Manu."

„Du wirst ja sehen."

„Wenn ich es versuche."

„Wenn du es versuchst."

„Wie auch immer, nach Maritta musst du jedenfalls nicht weiter fahnden, da kommt sie - zusammen mit unserem Mister Superlover."

Die beiden schlenderten auf uns zu. Maritta leicht verlegen, Mokka mit einem überaus zufriedenen Gesichtsausdruck.

„Kannst du mir einen Gefallen tun, Maritta?", fragte ich sie.

„Was denn?"

„Kannst du mir bitte die Handynummer von Cold geben? Sie hat es vergessen."

„Never!"

„Warum das denn nicht?"

„Nummern von Künstlern gebe ich niemals raus."

„Sie wollte mir ihre Nummer ja selber geben, hat es aber vergessen."

Mokka grinste, Maritta zuckte die Schultern. „Stell dir mal vor, Jonas, ein vierzehnjähriges Mädchen stand heute Abend mit zitternden Knien vor der Bühne und hat in dir den neuen Robbie Williams gesehen. Und diesem Teenie gebe ich deine Nummer. Fortan bekommst du alle zehn Minuten ´ne sms, in der steht, was für ein Wunderwerk der Natur du bist. Das findest du nicht sehr lange witzig, glaub mir."

„Das ist ja wohl nicht ganz zu vergleichen."

„Vielleicht, trotzdem kann ich dir die Nummer nicht geben, sorry."

Shit, was nun?

„Ich hab ´ne Idee." Von Mokkas Ideen hatte ich für heute eigentlich genug.

Er sah zu Maritta. „Kannst du Cold nicht einfach Jo´s Nummer simsen. Dann kann sie sich bei ihm melden."

Er sah zu mir. „Vorausgesetzt natürlich, sie will das überhaupt."

Er sagte das so, als hätte er erhebliche Zweifel. Arsch!

Maritta sah mich an. „Wäre dir damit geholfen?"

„Klar, das ist natürlich genauso gut."

Mokka lachte. Gleich haue ich ihm eine rein.

Maritta holte ihr Handy raus, das neueste Samsung Galaxy, tippte irgendwas in die Tasten, dann sah sie mich an. „Was soll ich schreiben?"

„Schreib einfach, dass das meine Nummer ist, das reicht." Sie tippte wieder, ich gab ihr meine Nummer und stellte mein Handy auf laut. Kurze Zeit später ertönte ein Signal. Allerdings nicht auf meinem, sondern auf Marittas Handy.

Sie sah drauf. „Cold", sagte sie nur.

Ich wagte nicht zu fragen, was Cold geantwortet hatte, mein toller Bandkollege hatte da natürlich erheblich weniger Skrupel, um nicht zu sagen, gar keine.

„Nun sag schon, was schreibt sie?"

„Sie hat sich bedankt", meinte Maritta trocken.

Mokka zwinkerte mir zu, dann zündete er sich einen Joint an und reichte ihn mir, ich schüttelte den Kopf. Die anderen hatten ebenfalls genug von dem Zeug.

Maritta gab Tino, der gerade seinen Stand schließen wollte, ein Zeichen. Kurze Zeit später stand er mit einem Tablett vor uns, darauf fünf Sambuca-Gläser. Er zündete den Alkohol geschickt an und reichte jedem von uns ein brennendes Glas.

Ich hatte wirklich genug für den Abend, wollte aber kein Spielverderber sein, pustete die kleine Flamme aus und trank. Kaum hatten wir das Glas leer, kam auch schon das nächste.

„Also, ich kann wirklich nicht mehr", versuchte ich abzuwehren, hatte mein Glas aber schneller in der Hand, als ich gucken konnte.

„Das ist unser Abendritual", meinte Maritta grinsend, als die dritte Runde kam. „Nach einem erfolgreichen Festivaltag gibt es einen Absacker."

„Einen ist gut", erwiderte ich lachend.

Ich fühlte mich ziemlich gut. Wir hatten einen tollen Auftritt hingelegt. Und die Ferien standen vor der Tür. Und Cold hatte meine Nummer.

Alle drei Minuten sah ich heimlich auf mein Handy, aber sie meldete sich nicht.

„Sollen wir den Abend im *Collage* ausklingen lassen?", fragte Mokka und sah in die Runde.

„Weiß nicht, ist schon ziemlich spät." Ich sah auf die Uhr, es war nach eins. „Ach, Scheiß drauf, lasst uns ins *Collage* gehen."

Ich sah zu Manu und Chris, die nickten. Maritta würde nachkommen, sie musste noch die Zelte und Wohnwagen dicht machen.

„Dann sammeln wir jetzt unseren Fanclub ein und machen uns auf den Weg", meinte Mokka grinsend.

Unser Fanclub! Den hatte ich völlig vergessen.

„Wo sind die überhaupt?" Ich sah zu Manu.

Der zuckte mit den Achseln. „Vermutlich noch Backstage, Miller anhimmeln."

Und richtig, als wir unsere Sachen holten, saßen die drei Mädchen an einem Tisch mit Miller und seiner Crew.

Sobald sie uns sahen, sprangen sie auf, um uns mit unseren Sachen zu helfen. Besser gesagt, um sich wichtig zu machen. Sie wollten natürlich unbedingt noch mit ins *Collage*.

Auf dem Weg in die Kneipe nahm Mokka mich beiseite.

„Jetzt ist deine Gelegenheit, Jo."

„Wovon redest du?" Ich schwankte leicht, fühlte mich ansonsten aber super.

„Eine aufregende Nacht mit Sasa liegt vor dir."

„Rede keinen Mist, Mokka."

Er grinste. „Versprochen ist versprochen."

Ich schaute Sasa an. Sie war wirklich süß, rein optisch. Aber der liebe Gott, oder wer auch immer dafür zuständig war, hatte sie leider mit einem Gehirn in Erbsengröße ausgestattet. Ich hatte mir bislang wenig Gedanken darüber gemacht, ob ich Sasa mochte, aber ich glaube, ich mochte sie nicht sonderlich.

„Vergiss es einfach, okay?"

Mokka sah mich an. „Nein Jonas, das vergesse ich nicht. Ein Versprechen unter Kumpels ist eine ernste Sache." Er grinste nicht, er meinte das wirklich ernst. Und ich wusste, Mokka würde keine Ruhe geben. Niemals.

„Ich liebe dich, Jonas!", flüsterte es in mein Ohr.

Langsam wurde ich wach. Wo zum Henker war ich? Nicht in meinem Bett, soviel war klar. Vorsichtig setzte ich mich auf und blickte mich um.

Was war das für ein hässliches Zimmer? Alles so rosa. Es tat richtig in den Augen weh. Mein Kopf fühlte sich nicht gut an, absolut nicht. Übelkeit stieg in mir auf. Dann sah ich nach links. Sasa schaute mir in die Augen und lächelte. Fuck! Fuck! Fuck!

Bruchstückhaft kehrte die Erinnerung an den vergangenen Abend zurück.

Auf dem Weg ins *Collage* hatte ich noch etwas überlegt und dann war mir ein *Augen zu und durch* als das Sinnvollste erschienen.

Wie blöd ist man eigentlich, wenn man besoffen ist?

Ich hatte noch ein paar Biere gekippt, ein bisschen mit Sasa geflirtet, die tatsächlich ziemlich schnell darauf eingestiegen war, und bin dann mit zu ihr nach Hause. Manu hatte ziemlich skeptisch geschaut, als wir zusammen die Kneipe verließen, Mokka hatte natürlich wieder sein dreckiges Grinsen aufgesetzt. Chris machte den Eindruck, als hätte er nicht kapiert, was gerade abging. Was mir auch recht gewesen war.

„Ich liebe dich." Sasa lächelte mich an.

Ich rieb mir über die Augen. „Hör mal, Susanne, ich war gestern ziemlich betrunken, also ... es tut mir echt leid."

„Es war wunderschön, Jonas."

Wunderschön? Du meine Güte! Ich konnte mich an nichts erinnern. Und mir war unglaublich schlecht.

„Es war ein Fehler, ich hatte einfach zu viel getrunken."

„Es war ganz sicher kein Fehler!"

Ich sah auf die Uhr, es war halb acht. „Mist, ich bin zu spät, die Schule ..."

„Scheiß auf die Schule." Sie versuchte sich an mich zu kuscheln, ich rückte von ihr ab.

„Das hätte einfach nicht passieren dürfen."

„Wie meinst du das?"

„Es tut mir echt leid, wirklich."

„Muss es doch gar nicht, es war total toll."

Ich hatte keine Erinnerung, aber *total toll* konnte es einfach nicht gewesen sein.

Ich versuchte zu lächeln.

Sie lächelte zurück. „Du schwänzt die Schule und wir bleiben den ganzen Tag im Bett, meine Eltern sind nicht da."

Ganz sicher nicht!

„Das geht nicht!" Ich stand auf, suchte meine Sachen zusammen, die im ganzen Zimmer verstreut lagen, und zog mich an.

Sasa rekelte sich im Bett. „Wann sehen wir uns wieder, Johnny?"

Johnny? Geht´s noch?

Ich setzte mich noch mal zu ihr auf die Bettkante und nahm ihre Hand. „Hör mal, Susanne, ich hab einen Fehler gemacht, okay?"

„Warum nennst du mich plötzlich Susanne? Und was denn für einen Fehler, ich kapier überhaupt nicht, was jetzt gerade abgeht?"

Ja, das merkt man!

„Ich hätte nicht mit dir schlafen dürfen, es war nicht richtig."

„Das war absolut richtig!"

„Nein."

„Doch."

So kamen wir jedenfalls nicht weiter. Mein Schädel hämmerte. Ich wollte nur noch raus aus diesem Jungmädchenzimmer mit viel zu viel rosa.

„Susanne, ich war betrunken. Es tut mir leid, was passiert ist."

„Das meinst du nicht ernst, oder?"

Ich sah ihr in die Augen. „Doch, das meine ich ernst." Ich ging zur Tür, sah mich noch mal zu ihr um, winkte leicht verlegen und machte mich aus dem Staub.

Zwei Stunden später kam eine sms von Mokka. Ich lag zu Hause auf meinem Bett und bekämpfte meine Übelkeit, in der Schule hätte ich ohnehin nichts mitbekommen.

„Und?", schrieb er.

„Was und?", schrieb ich zurück.

„Wie war es?"

„Geht dich ja wohl gar nichts an, oder?"

„Du hast es also gemacht?"

„Yep."

„Du bist ein wahrer Kumpel, Jo."

Mokka hatte einen ganz erheblichen Knall, soviel stand mal fest. Ich dachte ein bisschen nach. Was wussten wir eigentlich über ihn? Das er *independent* war, haha. Er ließ überhaupt nichts über sich raus. Weder, wo er wohnte, noch, womit er tagsüber seine Zeit verbrachte. Seltsam, äußerst seltsam.

Während des Tages kamen mehrere sms von Sasa, sie versuchte es auch immer mal wieder per Telefon, aber ich ging nicht ran und las die sms nur flüchtig.

Drittes Kapitel
Endlich Ferien

Am Morgen meines ersten Ferientages kam eine sms von einem unbekannten Anrufer. Ich war gerade auf dem Weg zum Einkaufen. Ich stieg kurz vom Rad und las.

„Hallo, mein Prinz, gut geschlafen? M."

Mein Prinz? M? War sie das? Cold?

Ich antwortete. „Nicht wirklich. Ein ziemlich cooles Mädel geisterte die ganze Nacht durch meine Träume. Jo."

Danach war wieder Funkstille. Höchst seltsam.

Abends, kurz nach elf, kam die nächste sms. „Diese Nacht wird es dir hoffentlich ähnlich ergehen. M."

Ich antwortete sofort. „Wofür steht M?"

„Mona."

Mona also, aber war Mona wirklich Cold, oder machte sich irgendwer über mich lustig? Ich musste an Mokka denken, dem wäre das glatt zuzutrauen.

Ich beschloss, mich zurückzuhalten. Mokka würde es fertig bringen, und das Ganze auf Facebook posten.

Am nächsten Tag packte ich nach dem Frühstück meine Sachen und machte mich auf den Weg ins Freibad. Ich würde einfach einen Tag faul am Pool liegen, vielleicht hin und wieder eine Bahn schwimmen und ansonsten den Tag genießen.

Meine Eltern waren heute Morgen sehr früh in den Urlaub gefahren, Sina schon gestern. Unser Haus gehörte die nächsten vier Wochen mir ganz alleine. Mein Handy gab ein Signal.

„Was machst du heute, mein kleiner Prinz? M."

Jetzt war ich auch noch ihr kleiner Prinz. Ich hatte mittlerweile ganz erhebliche Zweifel, dass M. wirklich Cold war.

Trotzdem antwortete ich sofort. „Bin auf dem Weg ins Freibad, das Leben genießen."

„Soll ich kommen?", simste sie (oder er) zurück.

Ich überlegte kurz. Dann antwortete ich. „Warum nicht?"

Das klang neutral, fand ich.

Es kam keine Antwort mehr, hatte ich auch nicht wirklich erwartet. Mokka spielte dumme Spiele, mehr nicht.

Im Freibad legte ich mich auf mein Handtuch und sah in den Himmel, der fantastisch blau war. Ferien, endlich. Ich würde jede Sekunde genießen. Minuten später war ich eingeschlafen.

„Hallo, mein Prinz", flüsterte es.

Ich sah wieder diesen riesigen Truthahnkopf über mir und schrak auf.

Und da saß sie, Cold. Sie war es wirklich.

„Mist!", entfuhr es mir.

Sie runzelte die Stirn. „Sorry, ich wollte dich nicht erschrecken. Ich hab nur schon ziemlich lange ziemlich bescheuert hier neben dir gesessen, und du bist einfach nicht wach geworden."

Ich strich mir übers Gesicht, hoffentlich habe ich nicht geschnarcht. „Toll", stotterte ich.

Das ist ja mal wieder die Eloquenz in Reinformat, Jonas Christensen. „Ich meine, du bist wirklich gekommen, das ist toll."

Sie lächelte. „Hast du nicht damit gerechnet, dass ich komme?"

„Um ehrlich zu sein, hatte ich Zweifel nach der ganzen Simserei."

Sie sah mir in die Augen, ich schaute zur Seite. „Soll ich uns was zu trinken holen?" Irgendwie musste ich erst mal damit klar kommen, dass sie wirklich neben mir saß.

„Ja gerne."

Ich ging zum Kiosk und holte zwei Dosen Cola. Ich trug Boxershorts und war ziemlich froh, in letzter Zeit ein paar Gewichte gestemmt zu haben. Mein Körper war durchtrainiert und gebräunt, ich fühlte mich recht attraktiv. Als ich zurückkam, hatte sie ihr Shirt ausgezogen und trug ein Bikinioberteil zur kurzen Shorts. Cold, die mich auf das Sofa geschupst und mal eben so um den Verstand gebracht hatte, wollte wirklich einen Tag mit mir verbringen.

Wir tranken unsere Cola, ich wusste nicht so recht, was ich sagen sollte. „Du heißt also in Wirklichkeit Mona?", brachte ich dann irgendwann raus.

„Ja."

„Schöner Name."

Sie hatte eine unglaublich gute Figur. Total schlank, flacher Bauch und sehr lange Beine. Ihre Augen waren so sensationell, wie ich sie in Erinnerung hatte, auch wenn ich sie zum ersten Mal komplett ungeschminkt sah. Das blonde Haar hatte sie zusammengebunden. Sie wirkte so cool, irgendwie durch nichts zu erschüttern.

Womit hatte ich das verdient, dass sie mit mir zusammen sein wollte?

Cold - ich meine Mona - sah mich an. „Willst du den ganzen Tag hier bleiben?"

„Keine Ahnung, da hab ich mir überhaupt noch keine Gedanken drüber gemacht. Sind ja schließlich Ferien, ich bin offen für alles."

„Offen für alles, klingt gut." Sie zwinkerte mir zu, etwas in meinem Bauch zog sich zusammen, mein Puls begann zu rasen. Das wurde nicht besser, als sie sich über mich beugte. „Ich bin nämlich auch offen für alles", sagte sie. Meine Handflächen wurden feucht - und die Blutkörperchen packten ihre Koffer und machten sich auf den Weg.

Zwei Abende später hatten wir Bandprobe. Nachmittags hatte ich Mona kurz gesehen. Sie musste noch eine wichtige Arbeit schreiben und hatte deshalb wenig Zeit. Leider. Ich war als erster da und machte alle Fenster auf. Wir sollten die Ferien nutzen und wirklich mal streichen. Als nächstes kam Mokka.

„Hey Jo", begrüßte er mich.

„Hey." Ich sah ihn an. „Wir sollten die Ferien nutzen und mal streichen, der Raum ist total abgerockt."

„Mir gefällt er, wie er ist."

Mokka hatte also schon mal keine Lust. Na, prima! Er sah mich an.

„Was ist, warum guckst du so?"

„Nun erzähl schon."

„Was denn?"

„Na, wie es war."

„Was?"

„Deine Nacht mit Sasa." Er grinste.

„Hör mal, Mokka. Ich war besoffen und habe den Fehler begangen, deine bescheuerte Wette einzulösen, okay? Mehr habe ich dazu nicht zu sagen."

„Sie war bestimmt eine Wildkatze im Bett, oder?" Wieder dieses anzügliche Grinsen.

„Kein weiterer Kommentar!"

Er ließ es dabei bewenden, wohl auch, weil Chris und Manu kamen. Die zwei waren von meiner Idee, den Übungsraum zu streichen, ebenso begeistert wie Mokka, also würde es vorerst wohl nichts werden.

„Wie geht es jetzt eigentlich weiter?", fragte Mokka.

„Was meinst du?"

Er sah mich an. „Na, mit nächsten Gigs und so."

„Im Moment ist nichts in Planung, wir können also die Zeit jetzt gut nutzen, um mit dir die restlichen Songs einzustudieren."

„Und wann ist wieder was in Planung?"

„Es ist nicht so einfach, an Gigs zu kommen, das solltest du eigentlich wissen."

„Für den Herbst geht sicher was im *Polar*", meinte Chris. Er macht ein freiwilliges soziales Jahr im *Polar*, einem Jugendzentrum in der Weststadt.

Es klopfte. Bitte nicht der Fanclub! Bitte, bitte, nicht! Ich hatte unzählige Telefonversuche und sms von Sasa einfach ignoriert.

Sie waren es natürlich, wer auch sonst?

„So langsam könntet ihr uns mal einen Schlüssel geben", meinte Sasa, kam auf mich zu und küsste mich wie selbstverständlich auf den Mund, bevor sie sich auf dem Sofa niederließ.

Ich wurde rot, Mokka grinste, Manu schaute verlegen und Chris verwirrt.

„Also, welchen Song wollen wir uns heute vornehmen?", fragte ich die Jungs und tat so, als wären die Mädchen gar nicht anwesend. Was nicht so einfach war, denn Sasa starrte mich mehr oder weniger unentwegt an.

„Irgendwie habe ich heute gar keine Lust", meinte Manu.

„Dann gehen wir jetzt alle ins *Collage*", sagte Sasa. Es klang wie ein Befehl.

„Blendende Idee!" Mokka! Ich sah zu Chris, der zuckte mit den Schultern.

„Okay, dann lassen wir es heute sein mit dem Üben." Wir gingen alle zusammen raus auf den Hof, das *Collage* lag nur ein paar Meter entfernt. Ich sah einmal in die Runde.

„Viel Spaß dann, bis nächste Woche." Bevor jemand etwas erwidern konnte, saß ich auf meinem Rad und war weg.

Zu Hause setzte ich mich auf die Terrasse und dachte an Mona. An unseren ersten gemeinsamen Tag. Wenn die Luft zwischen uns im Freibad geflirrt hatte, dann stand sie in Flammen, sobald wir die Haustür hinter uns zugemacht hatten. Sie küsste mich und drückte ihren Unterkörper an meinen, während ich sie sanft in die Richtung meines Zimmers schob. Auf dem Weg zog ich ihr Shirt und Bikinioberteil aus. Ihr Körper war einfach perfekt - und sie roch unglaublich gut.

In meinem Zimmer legte sie sich auf das Bett und sah mich herausfordernd an, was mich ziemlich verunsicherte, um ehrlich zu sein. Ich zog mein Shirt aus und legte mich zu ihr. Die kleinen Härchen auf ihrem Bauch stellten sich auf, als ich ihn küsste. Dann zog ich ihr die Shorts aus, sie trug keinen Slip. Ihre Haut war leicht gebräunt und sehr zart. In der Leistengegend hatte sie ein kleines Tattoo, irgendein Zeichen. Ich fuhr mit meinem Finger darüber.

„Was ist das?"

„Ein Tattoo." Ihr Atem ging schwer.

Ich grinste. „Was du nicht sagst. Was hat es zu bedeuten?"

„Mein Sternzeichen."

Ich küsste ihr Sternzeichen, nur ganz flüchtig. Mein Puls raste. Würde ich ihr überhaupt gewachsen sein?

„Und was für ein Sternzeichen bist du?"

Meine Stimme hörte sich fremd an.

„Jungfrau."

Ich lächelte sie an. „Jungfrau also." Sanft strich ich ihr mit meiner Hand über den Bauch, ich berührte sie kaum. „Das sind doch diese zarten, schüchternen Wesen, die man nur ganz, ganz vorsichtig anfassen darf, damit man ihnen nicht weh tut, oder?"

Als meine Hand eine ihrer kleinen, harten Brustwarzen erreichte, stöhnte sie auf, zog mich an sich, und machte mir mit ein paar gekonnten Handgriffen klar, dass Kuschelsex nicht das war, was sie von mir wollte.

Später, wir saßen im Bett und aßen Pizza, die ich schnell in den Ofen geschoben hatte, fragte ich sie ein bisschen aus. Was sie macht und so.

„Gehst du noch zur Schule?"

„Nee, ich studiere seit einem Jahr."

„Was?"

„Jura."

„Klingt cool." Hoffentlich hielt sie mich nicht für ein Baby, wenn sie erfuhr, dass ich noch zur Schule ging.

„Und da hast du noch genug Zeit für deine Band?"

„Das geht schon."

„Du solltest dir übrigens einen neuen Künstlernamen zulegen." Sie sah mich fragend an. „Cold trifft es überhaupt nicht." Stirnrunzeln. Ich grinste. „Hot würde schon eher passen."

Sie lachte, dann sah sie mir in die Augen. „Auf der Bühne bin ich Cold, in deinem Bett Hot, einverstanden?"

Ich zog sie an mich. „Das klingt sehr, sehr gut!"

Dann küsste ich sie, die restliche Pizza ließen wir kalt werden.

Es klingelte, ich schreckte aus meinen Gedanken auf. Mein Herz begann zu rasen, vielleicht war sie es. Wir simsten und telefonierten andauernd, aber sie musste noch diese blöde Arbeit fertig schreiben, deshalb hatte sich nicht unbegrenzt Zeit. Zutrauen würde ich es ihr, hier nachts einfach aufzutauchen. Vielleicht war ihre Arbeit ja fertig. Ich lief in den Flur, sah kurz in den Spiegel und öffnete die Tür.

Sasa! Die hatte mir gerade noch gefehlt.

„Was ist?", fragte ich nicht gerade freundlich.

„Das würde ich auch gerne wissen." Sie stand da mit beiden Armen in den Hüften, so, als wolle sie mich zu einem Duell herausfordern. „Warum bist du einfach abgehauen?"

„Ich hatte keine Lust aufs *Collage*, ganz einfach."

„Kann ich vielleicht mal reinkommen", sie klang genervt.

„Ähm, das passt jetzt nicht so gut."

„Was soll das denn heißen, bist du etwa nicht allein?" Hallo? Was geht hier eigentlich vor sich?

„Susanne, was willst du?"

„Nenn mich nicht Susanne, bitte!"

„Also gut, Sasa, was willst du von mir?"

„Na, was wohl!"

„Also was?"

„Du glaubst doch nicht allen Ernstes, dass du einfach so mit mir in die Kiste steigen kannst, und danach ist alles wie vorher."

Ich nahm ihre Hand und sah ihr in die Augen, die sofort weniger aggressiv funkelten. „Hör mal, Sasa. Es war ein Fehler, es tut mir wirklich leid. Ich hatte einfach zu viel getrunken."

Sie lachte verächtlich. „So einfach geht das nicht, Jonas."

„Was soll ich denn deiner Meinung nach machen?" Drinnen klingelte mein Handy, sie hörte es natürlich auch.

„Wer ist das?"

„Wer ist was?"

„Wer ruft dich denn so spät noch an?"

„Woher soll ich das wissen?"

„Du kannst rangehen, ich warte so lange."

Ich blieb, wo ich war.

„Also, Sasa, sag mir bitte, was ich deiner Meinung nach machen soll?"

Ich überlegte fieberhaft, wie ich sie loswerden konnte. Der Anruf konnte eigentlich nur von Mona gewesen sein, ich wollte sie so schnell wie möglich zurückrufen.

„Das ist doch wohl nicht mein Problem, oder?", meinte Sasa.

„Wie meinst du das denn jetzt?"

„Darüber solltest du mal ganz in Ruhe nachdenken, Jonas."

„Also gut, ich werde ganz in Ruhe darüber nachdenken, versprochen."

Sie lachte verächtlich, aber zu meiner großen Erleichterung drehte sie sich um und ging ohne ein weiteres Wort.

Mein Handy blinkte, es war eine sms drauf und ein entgangener Anruf, beide von Mona. Sie hatte ihre Arbeit wirklich fertig und wollte mich treffen.

Mein Herz begann zu klopfen, ich rief sie an. „Hey."

„Hey", erwiderte sie.

„Du hast es geschafft?"

„Ja."

„Schön. Ich hab Zeit."

„Dann bin ich in einer halben Stunde bei dir, mein Prinz."

„Ich freue mich auf dich - und auf deinen niedlichen, kleinen Hintern."

Sie lachte und legte ohne ein weiteres Wort auf. Ich stieg schnell unter die Dusche und zog mir frische Klamotten an, da klingelte es auch schon.

Wie beim ersten Mal konnten wir kaum die Finger voneinander lassen, aber immerhin schafften wir es, noch für eine Anstandsviertelstunde auf der Terrasse zu sitzen. Als sie sich auf meinen Schoß setzte und mich küsste, war allerdings alles zu spät.

„Lass uns reingehen, die Nachbarn können hier ziemlich gut raufschauen."

„Die Nachbarn sollen doch auch etwas Spaß haben, oder?" Ohne jeden Skrupel zog sie mir das Shirt über den Kopf.

„Hey, hey, ich muss hier morgen auch noch wohnen", lachte ich. Sie sah mich mit ihren schönen Augen an, dann küsste sie meinen Hals.

„Dann lass uns reingehen, ich will nämlich keine Sekunde länger warten", flüsterte sie mir mit heiserer Stimme ins Ohr.

Es war genauso unglaublich wie beim ersten Mal, vielleicht sogar noch unglaublicher. Ich war mir absolut sicher, die Frau gefunden zu haben, nach der ich die letzten Jahre gesucht hatte.

Ich sah ihr in die Augen. „Es wäre total schön, wenn du heute Nacht bei mir bleiben würdest."
Ich hatte etwas Angst vor der Antwort. Sie würde es glatt fertig bringen, mir in die Augen zu schauen und zu sagen, dass ihr Freund das sicher nicht so gerne sehen würde.

Sie grinste mich frech an. „Dann werden wir aber ganz sicher nicht zum Schlafen kommen."

„Schlafen können wir, wenn wir tot sind."

Wir schliefen dann aber doch irgendwann ein.

Tok tok tok, etwas schlug an die Scheibe, vielleicht hatte es zu regnen begonnen. Ich setzte mich auf. Tok tok tok. Das war kein Regen, jemand warf etwas an die Scheibe. Vorsichtig stand ich auf, Mona schlief weiter. Ich sah aus dem Fenster. Unter stand Sasa! Was macht dieses verrückte Weib denn da?

Leise zog ich mir was über, Mona wurde wach. Shit!

Sie sah mich an. „Was ist? Warum ziehst du dich an?"

Ich setzte mich zu ihr auf die Bettkante und strich ihr eine Haarsträhne aus dem Gesicht. „Schlaf weiter, Baby, ich bin gleich wieder da. Hab nur vergessen, die Mülltonne rauszustellen."

Ich ging vor das Haus.

„Wer ist bei dir?", schrie sie mir entgegen.

„Verflucht, schrei nicht so, Sasa! Was willst du?"

Sie fing an zu weinen. Scheiße, ich hatte definitiv keine Ahnung, was ich jetzt machen sollte.

Ich sah sie an. „Sasa, das geht so nicht. Du kannst hier nicht einfach mitten in der Nacht auftauchen. Was sollen denn die Nachbarn denken?" Super Argument! Das wird sie absolut überzeugen.

„Wer ist bei dir?" Sie schluchzte.

Ich überlegte kurz. Dann entschloss ich mich für klare Worte. Ich sah sie an. „Meine Freundin ist bei mir. Wir sind seit zwei Jahren zusammen und zwischen uns passt kein Blatt Papier, okay? Das mit dir war nichts als ein besoffener Fehler, der mir leid tut. Hab ich mich klar genug

73

ausgedrückt?"

Sie sah schockiert aus, drehte sich aber um und verschwand. Ich stellte die Mülltonne raus, obwohl die Müll-
abfuhr erst in zwei Wochen kommen würde.

Als ich wieder in meinem Zimmer war, gab mein Handy
ein Signal. Ich schaute drauf, eine sms von Sasa. Ich las
sie nicht und schaltete das Handy lautlos.

Am nächsten Morgen, Mona war gerade gegangen, sah
ich dann doch nach. Zehn sms von Sasa. Die Frau hat
einen ganz erheblichen Schaden. Ich las mir ihre sms
nicht durch, stattdessen dachte ich nach.

Ich brauchte unbedingt Abstand zu Susanne - und sie
zu mir.

Nach einer Weile rief ich bei meinen Großeltern an,
Oma ging ran, wir unterhielten uns lange. Dann rief ich
Mona an. Ich fand mich ziemlich kühn, aber, nun ja.

„Hey", meldete sie sich.

„Hey", erwiderte ich, dann zögerte ich kurz.

Nur Mut, Jonas Christensen!

„Ich hab eine Frage an dich."

„Die Antwort ist ja."

„Du kennst die Frage aber noch gar nicht."

„Du willst von mir wissen, ob du ein cooler Typ bist."

„Falsch."

„Die Antwort ist trotzdem ja."

„Du kennst die Frage aber noch gar nicht."

„Du willst von mir wissen, ob ich dich sexy finde."

„Falsch."

„Dann stell deine Frage."

„Ich will von dir wissen, ob du vielleicht Lust hast, ein paar Tage mit mir wegzufahren."

Sie schwieg.

„Meine Großeltern haben ein Wochenendhaus."

Schweigen.

„Mit einem kleinen See dabei."

Schweigen.

„Mitten im Wald gelegen."

Schweigen.

„Sehr einsam."

Schweigen.

„Nur du und ich."

„Nur ich und du?"

„Ja."

„Wann?"

„Jetzt?"

„Für wie lange?"

„Vielleicht für immer?"

Sie lachte. „Für immer kann ich so spontan nicht einrichten, aber ein paar Tage gingen."

Ich atmete auf, erst jetzt wurde mir bewusst, wie sehr ich eine negative Antwort gefürchtet hatte.

„Toll, dann gib mir deine Adresse und ich hole dich in einer Stunde ab." Sie gab mir ihre Adresse.

Ich schmiss ein paar Sachen in das Auto von Dad, das ich benutzen durfte, solange meine Eltern weg waren. Dann rief ich Manu an. Ich erklärte ihm in knappen Worten, dass ich wegen Susanne ein paar Tage abhauen würde und bat ihn, die anderen zu informieren. Er versprach es mir.

Als ich ins Auto steigen wollte, sah ich sie am Ende der Straße. Sasa schon wieder! Sie fuhr auf ihrem Rad in Richtung unseres Hauses. Ich sprang ins Auto und fuhr in die andere Richtung davon. Ob sie mich gesehen hatte, wusste ich nicht. Mein Handy hatte ich jedenfalls zu Hause gelassen.

Im Supermarkt kaufte ich alles ein, von dem ich dachte, dass man es zum Überleben braucht. Drei Minuten vor der Zeit war ich vor ihrem Haus. An der Klingel stand Mona *Cold* Petzold, ich musste grinsen.

Außerdem noch zwei Namen. Henny Koch und Max von der Grün.

Sie wohnte also mit einem Mann zusammen. Max von der Grün, was für ein dämlicher Name. Was soll das sein, verarmter Landadel, oder was? In Wirklichkeit hieß er vermutlich Maximilian. Der junge Herr Maximilian. Älteres Semester, kurz vorm Examen. Zur Uni fuhr er im offenen Cabrio, das sein Vater, ein erfolgreicher Investmentbanker, ihm zum bestandenen Bachelor geschenkt hatte. Er sah natürlich blendend aus, unser junger Herr Maximilian.

Er war mir schon unsympathisch, bevor ich ihn überhaupt kennen gelernt hatte.

Ich klingelte, zwei Minuten später ging die Tür auf. Er kam lächelnd auf mich zu. Der Typ, der Mona auf dem Festival einen Arm umgelegt hatte. Sehr groß, sehr braun - und sehr gut aussehend.

„Hallo, du bist Jonas, oder?" Er streckte mir die Hand

entgegen, ich nahm sie, was hätte ich auch sonst tun sollen.

„Ähm, ja, bin ich."

„Freut mich, dich kennenzulernen. Ich bin Max." Er zwinkerte mir zu. „Ich wünsch euch viel Spaß - und bring mir die Kleine heil zurück, okay?"

„Ähm, ja, okay."

Damit war er weg.

Tolerant ist er natürlich auch, unser junger Herr Maximilian. Total tolerant. Wenn seine Freundin sich mal ein paar Tage mit einem anderen gönnt, dann stand er da natürlich drüber. Alles ganz cool. Sie kam ja zu ihm zurück. Der andere war bloß ein Schnittchen für den kleinen Hunger zwischendurch.

Nach einer guten Stunde Fahrt waren wir da. Der Schlüssel lag unter dem Blumentopf, dort, wo er seit zwanzig Jahren lag.

„Du wohnst in einer WG?", hatte ich Mona während der Fahrt gefragt.

„Ja, mit zwei Kommilitonen zusammen."

„Ältere Semester?"

„Beide kurz vorm Examen."

„Aha. Und, klappt das gut?"

„Das klappt sogar perfekt."

Drinnen war es etwas muffig, aber nachdem ich alle Fenster aufgerissen hatte, und Licht und Luft herein durften, wurde es schnell besser. Von der Veranda aus konnte man über den See schauen. Meine Großeltern hatten das Häuschen vor zwei Jahren komplett renovieren lassen.

Neues Bad, Laminatböden, frischer Anstrich und neue, helle Möbel. Es war sehr gemütlich.

„Das ist voll schön hier." Mona lächelte mich an.

„Ja, als Kind war ich viel hier, das war echt toll."

„Kann ich mir vorstellen."

Nachdem wir die Vorräte im Kühlschrank verstaut hatten, gingen wir schwimmen. Nackt. Das Wasser war arschkalt und wir hielten es nicht lange aus. Zitternd stand Mona vor mir, der ganze Körper von einer Gänsehaut überzogen. Wenn das überhaupt möglich war, war sie noch schöner anzusehen, als sonst. Ich nahm sie in den Arm.

„Lass uns reingehen, ich weiß, wie ich dich schnell wieder warm bekomme", flüsterte ich ihr ins Ohr. Wir legten uns zitternd und bibbernd ins Bett unter die Decke, wurden aber sehr schnell wieder warm.

Später setzte sie sich im Bett auf und sah mich an. Ich hatte den Eindruck, als wolle sie mir etwas sagen.

„Was ist?", ich lächelte. Sie sah einfach unglaublich schön aus, wie sie so vollkommen nackt in dem Bett saß.

„Ach nichts."

Sie wirkte leicht verlegen, zum ersten Mal überhaupt.

Ich musste an den jungen Herrn Maximilian denken.

„Komm, sag schon."

Wollte ich es wirklich hören? Nein, wollte ich eindeutig nicht! Sie sah mich an, ich hielt den Atem an.

„Das war so eigentlich nicht geplant, Jojo."

„Was war so nicht geplant, ich versteh nicht ... ?"

„Ich meine ...", sie zögerte.

Ich legte meine Hand auf ihren Bauch. „Was willst du

mir sagen, Mona?"

Bitte, bitte, sag jetzt nichts, was mir wehtun wird. Bitte, bitte!

„Das mit uns ... es ... es ist für mich nicht nur Sex. Es ist irgendwie viel mehr. Und das war eigentlich nicht mein Plan."

Ich versuchte ein ernstes Gesicht zu machen. „Also, für mich ist es nur Sex."

Einen Moment schaute sie verwirrt, dann prustete sie los.

„Du Lügner!" Sie warf ein Kissen nach mir. „Du bist mir hörig. Sag sofort, dass du mir hörig bist", lachte sie und warf sich auf mich.

„Nee wirklich, für mich ist es nur Sex." Ich musste so lachen, dass ich gleich aus dem Bett fallen würde.

Wir lachten uns beide schlapp.

Zwei Stunden später lagen wir nackt auf einer Decke im Sand und ließen uns die Sonne auf den Körper brennen. Wir hatten noch mal kurz einen Sprung in das eiskalte Wasser gewagt. Die Stimmung war perfekt. Fast. Der junge Herr Maximilian war leider irgendwie auch anwesend.

Ich sah sie an. „Sag mal, dieser Typ, mit dem du zusammen wohnst …"

„Wen meinst du, Henny oder Max?"

„Henny ist auch ein Mann?"

„Ja, er ist Holländer. In Holland heißen Männer so. Henny ist supersweet."

Na toll! Sie wohnt mit zwei Typen zusammen, von denen einer *supersweet* ist und der andere aussieht wie ein Model.

Meine Fantasie drehte ein paar höchst unschöne Pirouetten.

„Was wolltest du mich denn fragen?" Sie sah mich an.

„Schon gut."

„Nun sag schon."

„Hat sich erledigt."

Sie setzte sich auf und sah mich fragend an, dann grinste sie. „Du bist eifersüchtig." Sie küsste meine Nasenspitze.

„Quatsch, natürlich nicht."

„Doch, du bist eifersüchtig." Sie lachte.

Ich setzte mich auch auf und sah auf den See. Eine Scheißente quakte blöde rum. Meine Gefühle fuhren eine Runde Achterbahn. Wir schwiegen eine Weile.

„Die beiden sind übrigens ein Paar."

Ich sah sie an. „Wer ist ein Paar?"

„Na, meine zwei Mitbewohner."

„Die sind schwul?"

„Wenn jemand das Schwulsein erfunden hat, dann Max und Henny."

Ich musste lachen. Boah, war ich erleichtert. „Das hättest du mir gerne etwas früher sagen dürfen, du blöde Schnepfe."

Mona grinste frech, dann gab sie mir einen Schups, ich landete auf der Decke und sie setzte sich auf mich. Genau wie auf dem Festival. Nur dass wir jetzt nackt waren. Sie beugte sich zu mir runter.

„Ich werde dir jetzt mal ein paar Dinge sagen, einverstanden?"

„Einverstanden."

Sie gab mir einen Kuss auf die Nasenspitze.

„Erstens: Ich bin clean. Außer dir gibt es keinen anderen Typen weit und breit. Alles klar?"

„Alles klar."

Ein weiterer Kuss landete auf meiner Nasenspitze.

„Zweitens: Ich bin total verknallt in dich. Alles klar?"

„Alles klar."

Dann sah sie mich lange an. „Bist du bereit für Drittens?"

„Ich bin bereit."

Sie verstärkte den Druck ihres Unterkörpers. Dann flüsterte sie mir ins Ohr: „Mich hat noch nie ein Mann so scharf gemacht wie du."

Ich wusste nicht genau, welche ihrer Aussagen mir am besten gefiel, meine Blutkörperchen votierten einstimmig für Drittens.

Ich umfasste ihre Hüften und drückte sie fest an mich.

„Lass uns rein gehen."

Sie küsste meinen Hals. „Warum? Wir sind hier doch ganz allein."

Sie sagte das mit dieser heiseren Stimme, mit der sie mich jedes Mal in den Wahnsinn trieb.

Wir blieben also draußen und liebten uns auf der Decke am Wasser.

Dass wir vom anderen Seeufer mit dem Fernglas beobachtet wurden, bemerkten wir nicht.

Nachmittags gingen wir ein Stück durch den Wald. Das Licht stand schon etwas tiefer, es war total ruhig, eine unglaublich schöne Stimmung.

Irgendwann blieb Mona stehen und sah mich fragend an.

„Was ist eigentlich mit dir?"

„Was soll mit mir sein?"

„Na, gibt es in deinem Leben ein paar blöde Hühner, die ich erst noch mit meiner Knarre aus dem Weg räumen muss?"

Sie machte ein Gesicht wie eine Gangsterbraut.

Ich musste lachen, nahm sie in den Arm und antwortete wahrheitsgemäß. „Ich bin absolut frei, kein Grund für ein Gemetzel."

Sie erzählte mir, dass sie aus Freiburg kam, wo ihre Eltern und ihre kleinere Schwester immer noch wohnten. Sie hatte sich nicht entscheiden können, ob sie Musik oder Jura studieren sollte. Also hatte sie sich für beides beworben und war bei beiden genommen worden. Das konnte eigentlich nur bedeuten, dass sie eine glatte eins hingelegt hatte. Ich nahm mir vor, etwas zu lernen, wenn wir erst mal wieder in der Stadt wären. Sie hatte sich dann letztlich für Jura entschieden, obwohl die Popakademie in Mannheim sie sehr gereizt hätte. Ich war froh, dass sie nicht in Mannheim gelandet war. Ich wusste noch nicht mal, was ich überhaupt studieren wollte. Ich beichtete ihr, dass ich zwei Klassen wiederholt hatte. Weil ich eine faule Socke gewesen sei, sagte ich. Ich wollte ihr die Wahrheit nicht sagen.

Zwei Tage später lernten wir Jan kennen. Wir saßen beim Frühstück auf der Veranda.

„Mooooorgen!", trötete er schon von weitem.

Zum Glück hatten wir uns wenigstens ein bisschen was angezogen. Er steckte in einer grotesken Verkleidung, die sich als Anglerkluft herausstellen sollte. Er war vielleicht dreißig, ziemlich schräge Type.

„Ich bin der Jan", sagte er und setzte sich unaufgefordert hin. Ich sah zu Mona, die zuckte mit den Schultern.

„Ihr trinkt wohl gerade Kaffee, riecht gut." Er sah mich an. Ich bot ihm also eine Tasse an, die er natürlich nicht ablehnte. Ich holte einen Kaffeebecher aus der Küche. Als ich zurückkam, quatschte er Mona bereits ein Kotelett ans Ohr.

„ ... die Mutti hat ja ihr schlimmes Bein und der Vati hat´s im Kreuz. Deshalb bin ich alleine da dieses Jahr. Die Hütte da oben." Er deutete irgendwo in die Luft. Dann nahm er einen Schluck Kaffee und ich überlegte, wie wir diesen komischen Kauz möglichst schnell wieder loswerden konnten.

„Das schlimme Bein von Mutti ist dieses Jahr aber auch wirklich schlimm."

Aha, sehr interessant.

Er schüttelte den Kopf und nahm noch einen Schluck. „Also, ich angle eigentlich den ganzen Tag, dabei esse ich überhaupt keinen Fisch." Er lachte.

Ja ja, das war schon ein toller Kerl, dieser Jan, angelte den ganzen Tag und aß gar keinen Fisch.

„Die schmeiße ich alle wieder rein, die meisten schwimmen dann allerdings kieloben."

Wirklich außerordentlich interessant.

„Und ihr jungen Hüpfer, womit verbringt ihr eure Zeit hier in der Einöde?"

Mona sah ihn an. „Ficken", sagte sie und verzog keine Miene.

83

Ich biss auf meine Kaffeetasse.

Jan schluckte einmal kurz, nahm noch einen Schluck Kaffee, dann stand er auf. Er klopfte mit seinen Fingerknöcheln auf die Tischkante. „Petri Heil, dann."

„Petri Dank", entgegnete meine Eisprinzessin völlig ungerührt. Ich zerbiss fast den Kaffeebecher. Sobald Jan außer Reichweite war, prustete ich los.

Dann sah ich Mona an. „Ficken also." Sie grinste.

Nachmittags fuhr ich alleine ins nächste Dorf. Ein bisschen was für das Abendessen einkaufen, hatte ich Mona gesagt.

„Du hast also schon genug von mir?" Sie lächelte.

„Von dir werde ich niemals genug bekommen, meine Süße. Du darfst mich mit achtzig im Rollstuhl durch den Zoo rollern."

„Das ist genau das, was ich mir vorstelle, wenn ich an meine Zukunft denke." Sie wuschelte mir durchs Haar. Nachdem wir noch mal ausgiebig geknutscht hatten, war ich aufgebrochen. Ich besorgte Baguette, Käse und Tomaten. Melone, Schinken und eine Flasche Sekt. Dann kurvte ich durch das Dorf auf der Suche nach einem Blumenladen. Es gab keinen. Ich fuhr zum Bahnhof, erwarb zwei mehr oder weniger frische Rosen und fuhr zurück.

Mona duschte, also deckte ich den Tisch auf der Veranda, stellte die Rosen in die Vase und öffnete leise den Sekt. Ich goss zwei Gläser ein und stellte sie in den Kühlschrank, damit sie nicht warm wurden. Ich kam mir etwas dämlich vor, vielleicht würde sie mich ja total albern finden.

„Hm, sieht lecker aus", sagte sie, als sie auf die Veranda kam.

Du auch, dachte ich. Sie trug ein rotes, sehr kurzes Sommerkleid und ich war mir ziemlich sicher, dass das alles war, was sie trug.

Dann bemerkte sie die Rosen. „Ups, hab ich Geburtstag? Meinen zweiten?"

Ich lachte, holte die Sektgläser aus dem Kühlschrank und reichte ihr eines.

„Sag jetzt bloß nicht, dass du Geburtstag hast?"

Ich schüttelte den Kopf. Jetzt war ich mir ziemlich sicher, dass es eine blöde Aktion war, die ich mir da ausgedacht hatte. Mona sah mich fragend an.

„Heute vor zwei Wochen haben wir uns kennen gelernt … ich dachte, das könnte man feiern." Ich grinste verlegen. Sie küsste mich, dann sah sie mich wieder an, sie wirkte sehr glücklich.

Wir tranken die ganze Flasche Sekt aus und wurden sehr lustig.

Bis spät in die Nacht saßen wir eng beieinander auf der Terrasse. Irgendwann holte Mona ihre Gitarre und spiele ein paar alberne, alte Folksongs. Sie hatte eine wunderbare, sehr klare Stimme, die ganz anders klang, als die rotzige Cold von *Riottt*. Der Himmel tat ebenfalls sein Bestes. Jede Menge Sterne. Ein Mond, der sich im See spiegelte, das volle Romantikprogramm.

Etwas hatte mich geweckt, nur was? Ein diffuses Licht lag über dem Bett, irgendwo rief ein Käuzchen, ansonsten war es still. Ich schob meine Hand auf die andere

Seite. Mona war nicht da. Vielleicht im Bad? Ich wartete eine Weile, aber sie kam nicht. Der Wecker verriet mir, dass es vier Uhr morgens war. Mein Herz begann zu klopfen. Ich stand auf, um Mona zu suchen.

Ich fand sie im dunklen Flur, sie stand völlig regungslos da.

„Mona, was ... ?"

„Psst."

Ich ging zu ihr. „Was ist denn?", flüsterte ich.

„Da draußen ist jemand."

Ich hielt den Atem an, dann hörte ich es auch. Ein Kratzen und Rascheln an der Tür.

Ich ging leise ins Schlafzimmer zurück und zog mir meine Boxershorts an. Im Flur holte ich noch mal tief Luft. Dann schlich ich auf Zehenspitzen zur Haustür, nahm meinen ganzen Mut zusammen, riss sie auf und machte gleichzeitig das Außenlicht an.

Ich sah sie gerade noch weghuschen. Es war ein ziemlicher Schreck. Ich schloss die Tür und schob den Riegel wieder vor.

Dann drehte ich mich zu Mona um. „Waschbären."

„Waschbären? Hier?"

„Ja, mein Opa hat erzählt, dass er hier schon welche gesehen hat. Die sollen ziemlich frech sein."

Mona lachte erleichtert. „Ich dachte schon ..."

„Jan?"

„War ja irgendwie ein komischer Typ, oder?"

Ich ging zu ihr und küsste ihr Haar. „Lass uns zurück ins Bett gehen, du bist ganz kalt."

Sie nahm meine Hände und legte sie auf ihre Brüste.

„Darf ich das als Einladung verstehen?, fragte ich ihr Haar.

Sie schlang ihre Arme um mich und drückte ihren Körper an meinen. „Nein, eine Einladung ist das ganz sicher nicht. Ich würde es eher einen Befehl nennen."

Ich hob sie hoch und trug sie zum Bett, sie war ziemlich leicht. Dann legte ich mich neben sie und wartete ab.

Sie sah mich an. „Was ist?"

„Ich warte auf weitere Anweisungen, Mylady."

Lachend zog sie mich an sich. Ihre Anweisungen verstand ich auch ohne Worte.

„Komm doch noch kurz mit rauf, vielleicht sind Max und Henny da." Wir saßen im Auto vor ihrem Haus.

Fünf Tage waren wir am See gewesen, wenn es nach mir gegangen wäre, dann hätte ich auch noch den Rest der Ferien dort mit ihr verbracht.

Aber Mona hatte diesen Abend Bandprobe, die wollte sie nicht verpassen.

Bei einem unserer Abendspaziergänge waren wir noch mal dem durchgeknallten Anglerkönig begegnet. Ansonsten waren wir die ganze Zeit allein.

Jan saß in seinem Boot mitten auf dem See. Er winkte uns zu und rief etwas. Wir winkten zurück und wollten weiter gehen, er hatte sich aber schon seine Ruder geschnappt und ruderte im Affenzahn ans Ufer.

Uns blieb nichts anderes übrig, als auf ihn zu warten. Hand in Hand standen wir da.

„Petri Heil", rief er uns entgegen, während er das Boot

fest machte. Er trug ein Fernglas um den Hals. Beobachtete er etwa die Fische, bevor er sie fing?

„Das ist ja ein Zufall, na so was, ihr zwei geht hier spazieren, na so was, na so was." Er kam freudestrahlend auf uns zu. „Ich hab was für euch."

Wir schwiegen. Er grinste und sah uns erwartungsvoll an.

„Ähm, was denn?", fragte ich.

„Fische!" Triumphierend reichte er uns einen Eimer, bis oben hin mit Wasser gefüllt, darin schwammen drei fette Karpfen. Jedenfalls glaube ich, dass es Karpfen waren. Sie hatten es nicht sehr bequem.

„Ähm, danke, aber was sollen wir damit?"

„Das sind Karpfen."

„Aha. Toll."

„Echte Karpfen!"

Mona kicherte, stupste mir leicht in die Seite und lächelte den Anglerkönig an. „Danke, Jan, das ist echt toll. Die braten wir uns heute Abend auf dem Grill."

Er strahlte übers ganze Gesicht.

„Den Eimer stellen wir dir morgen früh wieder hier her, einverstanden?"

„Einverstanden", erwiderte er feierlich. Dann tippte er sich an die Stirn, setzte sich mit einem weiteren *Petri Heil* zurück in sein Boot und ruderte wieder auf den See.

An einer Stelle, an der Jan uns nicht sehen konnte, haben wir die drei Burschen wieder in die Freiheit entlassen.

Wir gingen gemeinsam hoch zu ihrer Wohnung. Mona wohnte im dritten Stock, ohne Aufzug. Ihr Flur war ein Schock für mich. Er war knallrot gestrichen, auch die

Möbel. Alles teufelsrot.

„Ziemlich … rot", sagte ich.

Sie lachte. „Der war schon so, als ich hier eingezogen bin, eine Idee von Henny." Wir gingen in die Küche, Max schaute von einer Zeitung auf.

„Ah, Romeo und Julia sind zurück. Was ist passiert, ist unsere Julia von der Balkonbrüstung gefallen?" Er zwinkerte Mona zu. Die ging zu ihm und schmatzte ihm einen Kuss auf die Stirn.

„War er nett zu dir?", fragte Max und legte einen Arm um ihre Hüfte. Gerade so, als ob ich nicht zufällig auch noch in der Küche stehen würde.

„Er war nett zu mir!"

„Und das Wort mit den drei Buchstaben? Zufriedenstellend?"

Hä? Wovon sprach der Typ?

Mona grinste. „Das geht dich ja wohl gar nichts an, oder?"

Ach so.

Dann sah er endlich mal zu mir. „Und, Loverboy, willst du dich nicht setzen?"

Ich setzte mich also zu ihm an den Tisch, während Mona Henny begrüßte, der noch im Bett lag. War ja auch erst fünf.

Max zwinkerte mir zu. „Henny hat mal wieder seinen Anfall."

Ich sah ihn fragend an.

„Er nennt es Migräne. Ich nenne es akute Faulheit."

Ich hörte Mona im Nebenzimmer lachen.

„Soll ich heute Abend was für uns vier Hübschen kochen?", fragte Max, als sie zurück in die Küche kam.

„Geht nicht, ich hab Bandprobe."

„Morgen?" Max sah mich an, „ich koche nämlich wie ein Gott."

Ich schaute zu Mona, die zuckte mit den Schultern. „Er übertreibt, aber man kann es essen."

„Ganz vorsichtig, Prinzessin, sonst fällt dir noch das Krönchen runter."

„Ich würde mich glatt als Testesser anbieten", sagte ich. Die Ferien lagen wie eine einzige Verheißung vor mir. Ich werde jede freie Minute mit Mona verbringen. Und Max wird morgen für uns kochen!

Monas Zimmer war das genaue Gegenteil vom Flur. Ganz in weiß gehalten, irgendwie sah es sehr elegant aus, auch wenn ich natürlich erkannte, dass das meiste Zeug von Ikea war. Aber sie hatte definitiv Stil. An einer Wand lehnten fünf Gitarren. Ich hatte bloß zwei, eine akustische und meine Stratocaster.

Nachdem wir noch etwas geredet - und ich mich ausgiebig von ihrem schönen Körper verabschiedet hatte - brachte sie mich zur Tür.

„Das waren total schöne Tage, Jojo."

„Und das Wort mit den drei Buchstaben? Zufriedenstellend?"

Sie grinsten. „Du bist ein Gott, mein kleiner Prinz."

„Das wollte ich hören." Ich küsste sie und machte mich auf den Weg nach Hause.

Den schwulen Holländer mit dem Frauennamen hatte ich an diesem Tag nicht mehr kennengelernt.

3. September, 14:00 Uhr
Farbe des Himmels: grau

Ein Wärter (ist das überhaupt die richtige Berufsbezeich-
nung?) bringt mir einen Kaffee und belegte Brote in die
Zelle.

Auf meine Frage, wie es denn jetzt weiter geht, bekomme
ich keine Antwort.

Der Kaffee schmeckte ekelhaft, ich trinke ihn trotzdem.

Dann lege ich mich wieder auf die Pritsche und starre an
die Decke.

Ich befinde mich mitten in einem Alptraum.

Viertes Kapitel
Komplikationen

Unser Briefkasten quoll über, daran hatte ich überhaupt nicht gedacht. Ich fischte das Zeug raus, was ich ohne Schlüssel rausfischen konnte, und ging ins Haus.

Der Anrufbeantworter blinkte, ich drückte auf Wiedergabe, dann packte ich direkt im Flur meine Tasche aus. Musste sowieso alles in die Waschmaschine.

Auf dem AB hörte man nur ein Atmen, sehr merkwürdig. Beim nächsten Anruf genau das gleiche. Ich ging hin und drückte die Vorlauftaste. Atmen. Ich drückte wieder. Atmen. Fünfzehn Anrufe insgesamt, auf keinem wurde was gesagt. Äußerst mysteriös.

Danach schaltete ich mein Handy ein, es fuhr nicht hoch. Ich steckte es ans Ladegerät, lief mit der Wäsche in den Keller und stopfte alles in die Maschine.

Auf meinem Handy waren einige sms, eine war von Manu. „Melde dich mal, es gibt ein Problem. Gruß Manu."

Ich rief ihn sofort an. Er wollte sich mit mir treffen, ich schlug das *Collage* vor, Mona hatte ja Bandprobe und ich Zeit.

„Das *Collage* ist keine so gute Idee, Jo. Lass uns um acht im Biergarten am Fluss treffen."

Ich wusste, welchen Biergarten er meinte und sagte zu.

„Jonas, du hast ein Problem." Manu sah mich besorgt an.

„Was für ein Problem?"

„Sasa."

„Wo genau liegt denn das Problem?"

Manu erzählte mir, dass sie die letzten Tage quasi die ganze Stadt nach mir abgesucht hatte, sogar bei Rene hat sie angerufen. Die komplette Musikszene wusste Bescheid.

„Shit!" Ich nahm einen Schluck Bier.

„Kann man wohl sagen."

„Was soll ich denn jetzt machen, ich meine, Mona ..." Ich ließ den Satz unvollendet.

„Wie war es denn?" Manu sah mich fragend an.

„Toll war es, was wohl sonst."

„Seid ihr … ich meine … ist es was Ernstes?"

„Es ist was absolut Ernstes."

„Dann sollte Mona das wohl besser nicht erfahren."

„Das darf sie auf keinen Fall erfahren, Manu!"

Wir schwiegen eine Weile.

Ich sah ihn an. „Was soll ich denn jetzt machen?"

„Das Beste wird sein, wenn du mit Sasa redest. Klartext, meine ich."

„Ich war eigentlich der Meinung, dass ich ziemlich Klartext geredet hätte."

Ich erzählte ihm von der Begegnung in der Nacht vor unserem Haus.

„Dabei wirkte sie immer so vernünftig, ich verstehe das nicht." Er runzelte die Stirn.

„Das hab ich Mokka zu verdanken, diesem Scheißidioten. Ich könnte ihn umbringen."

„Nun ja, du hättest es ja nicht machen brauchen, oder?"

„Ja, stimmt schon. Wäre auch besser gewesen, soviel steht mal fest."

Ich sah auf den Fluss, eine Entenfamilie zog vorbei. Ganz schön spät noch unterwegs. Ich sah wieder zu Manu. „Ich glaub, ich bringe es am besten sofort hinter mich."

„Was willst du tun?"

„Ich ruf sie an und verabrede mich mit ihr. Dann versuche ich noch mal, vernünftig mit ihr zu reden."

„Klingt nach ´nem Plan."

Es war kurz vor neun, ich rief sie an, nachdem ich mich von Manu verabschiedet hatte.

Sie meldete sich sofort. „Na endlich, wo warst du?"

Das fing ja gut an. „Können wir uns treffen?"

„Klar, wann?"

„Jetzt."

„Ja, toll, sehr gerne. Wo denn?"

„Lass uns ein Stück am Fluss spazieren gehen, okay?"

„Okay. Ich warte an der Adenauerbrücke."

Ich fuhr also zur Adenauerbrücke. Sie stand schon da als ich ankam. Und zwar ziemlich aufgerüscht. Kurzer Rock, nackte Beine, tiefer Ausschnitt.

„Hallo", sagte ich, nachdem ich vom Rad gestiegen war. Sie kam auf mich zu und wollte mich küssen.

„Komm, Susanne, lass das bitte."

„Nenn mich nicht immer Susanne!"

„Lass uns ein Stück gehen, okay?"

94

Wir gingen am Flussufer lang.

„Du hast meine sms nicht beantwortet", sie klang extrem vorwurfsvoll. „Und dann bist du einfach abgehauen."

„Sasa, was soll das Theater, was willst du von mir?"

„Ich will mit dir zusammen sein!"

Ich blieb stehen und sah sie an. „Ich dachte eigentlich, ich hätte mich bereits klar genug ausgedrückt, aber das scheint ja wohl nicht der Fall zu sein."

„Was meinst du, Johnny?"

„Sasa! Ich heiße Jonas! Und ich habe eine feste Freundin. Ich bin nicht in dich verliebt, kein Stück …"

„Aber das kann doch noch kommen …"

Ja, Halleluja!

„Nein! Das kommt nicht! Das kommt ganz sicher nicht! Also, bitte lass mich in Ruhe, okay?"

„Ist das dein letztes Wort?"

Sie heulte, verdammte Scheiße.

Ich sah auf den Fluss, noch ´ne Entenfamilie auf Nachtausflug. Vielleicht ein Familientreffen.

„Das ist mein absolut letztes Wort, Susanne."

Ohne sie noch einmal anzusehen, ging ich zurück zum Rad.

„Hey Jonas", sagte jemand, als ich mein Fahrrad aufschloss.

Ich drehte mich um. Tott, ausgerechnet. Ich sah schnell zum Flussufer, Sasa stand da und schaute zu uns hoch.

„Ähm, hallo."

Tott grinste. „Wie ich hörte, liegt eine aufregende Woche hinter dir."

Ich musste schlucken. „Ist eure Bandprobe schon vorbei?"

„Ja, gerade."

Ich hatte keine Ahnung, wo sie ihren Probenraum hatten.

„Ist Mona auch in der Nähe?"

Sie schaute mich prüfend an. „Klingt ja fast so, als würde es dir ungelegen kommen, wenn sie es wäre."

„Quatsch, natürlich nicht."

Tott schaute zum Fluss. „Und was machst du hier so alleine?"

„Ich wollte gerade nach Hause fahren."

Sie hob eine Augenbraue, sagte aber nichts mehr.

„Ist euer Übungsraum hier irgendwo?" Ich konnte sie kaum ansehen.

„Nein, der ist in der Weststadt, ich wohne hier in der Nähe."

„Ach so. Also, dann mache ich mich mal auf den Weg. Einen schönen Abend noch."

„Ja, wünsch ich dir auch." Sie sah noch einmal zum Fluss, dann ging sie weiter.

Puh, das war gerade noch mal gut gegangen.

„War sie das?" Sasa! Und zwar in ziemlicher Lautstärke. Ich schaute zu Tott, aber sie schien es nicht gehört zu haben. Dann stieg ich aufs Rad und fuhr nach Hause.

Wir aßen zusammen, es schmeckte sensationell.

„Schmeckt sensationell, Max."

„Nein! Nein! Nein! Sag ihm das nicht! Der glaubt das sonst noch", meinte Henny.

Er hatte einen lustigen holländischen Akzent, witzige, in alle Richtungen stehende, blonde Haare und ein nettes Lächeln.

Max grinste ihn an. „Als Gott mich erschuf, wollte er halt mal so richtig angeben."

Henny verdrehte die Augen und sah zu mir. „Was hab ich gesagt? Dieser Mann leidet an Größenwahn. Es ist zum Verrücktwerden."

„Du wirst nicht verrückt, Schatz, du bist verrückt." Max warf Henny ein Küsschen zu. „Und zwar verrückt nach mir."

„Falls du glaubst, ich hab ein leichtes Leben, Jojo, vergiss es ganz schnell wieder. Ich muss mir die Wohnung mit zwei Irren teilen. Gibt es Schlimmeres?"

„Kann mir bitte mal jemand das Wasser reichen?", fragte Max. Dann schlug er sich mit der flachen Hand auf die Stirn. „Entschuldigung, kann natürlich niemand."

„Mona an Max, Mona an Max, bitte sofort in den Vernunftmodus wechseln. Mona hat Besuch und will einen guten Eindruck hinterlassen."

„Max an Mona, Max an Mona, Vernunftmodus ist in der Reparatur, kommt nicht vor Montag zurück."

So ging das den ganzen Abend. Max und Henny waren komplett abgedrehte Typen, aber wahnsinnig sympathisch.

Ich unterhielt mich köstlich - bis mein Handy ein Signal

gab. Ich sah drauf, eine sms von Sasa. Geht das schon wieder los? Ich las sie nicht, sondern steckte das Handy zurück in die Tasche. Da kam das nächste Signal, ich stellte das Handy lautlos.

Mona sah mich an. „Probleme?"

„Nee, nichts Wichtiges."

Am nächsten Morgen wachte ich in Monas Bett auf. Das Bad lag direkt neben ihrem Zimmer, ich hörte sie duschen.

Schnell fischte ich mein Handy aus der Hosentasche und las die sms von Sasa. Die Frau hat echt 'nen Knall.

Mit einem Handtuch um den noch feuchten Körper geschlungen kam Mona ins Zimmer, ich machte schnell mein Handy aus und legte es zur Seite.

Sie schaute kurz Richtung Handy, runzelte die Stirn und setzte sich auf die Bettkante. „Henny hat Frühstück gemacht."

Ich streichelte ihren feuchten Arm. „Ich muss dir was sagen."

Sie schaute noch mal auf das Handy, dann zurück zu mir. „Was?"

Mit ernstem Gesicht sah ich sie an. „Es ist für mich nicht nur Sex, Mona. Es ist irgendwie viel mehr … und das war auch genau mein Plan."

Lachend legte sie sich auf mich, das Handtuch glitt dabei zu Boden. Zwischen ihrem und meinem nackten Körper war nur noch die Bettdecke - und ein paar Wassertropfen. Sie küsste mich mit dieser Leidenschaft, die ich noch nie vorher bei einer Frau erlebt hatte.

Dann sah sie mir in die Augen. „Das mit uns soll nie vorbeigehen, Jojo."

„Das mit uns wird nie vorbeigehen, Mona."

Sie küsste mich wieder und schmiegte sich eng an mich. Ich überlegte, wie ich die Scheißdecke wegbekommen könnte.

„War da nicht gerade von einem Frühstück die Rede?", fragte ich.

„Frühstück? Keine Ahnung, wovon du redest. Ich jedenfalls werde das Bett jetzt ganz sicher nicht verlassen, du etwa?" Sie lächelte mich an.

Ich streichelte ihren Rücken. „Ach, ich glaube, mir wäre jetzt nach einem ordentlichen Frühstück mit zwei ausgesucht sympathischen Tunten", grinste ich zurück.

„Dein Problem ist dir aber schon bewusst, oder?" Ihre Stimme war ganz rau.

„Problem?"

Sie küsste meinen Hals. „Ich liege oben - und ich habe nicht vor, dich aus dem Bett zu lassen."

„Ja, wenn das so ist", brachte ich gerade noch heraus, „dann muss ich mich wohl fügen."

„Musst du, mein Prinz, musst Du."

„Dann sieh zu, dass du die Scheißdecke weg bekommst."

Nach dem Frühstück, das ähnlich lustig verlief wie der vergangene Abend, machte ich mich auf den Weg nach Hause. Mona hatte ein paar Sachen zu erledigen, am Nachmittag wollte sie dann zu mir kommen.

Ich musste dringend einkaufen, also fuhr ich ein bisschen in ihrer Gegend rum, auf der Suche nach einem Discounter. Ein paar Straßen von ihrer Wohnung entfernt fand ich einen Aldi. Nicht ganz mein Wunschsupermarkt, aber egal.

Ich schnappte mir einen Einkaufswagen und fuhr durch die Gänge.

Bei den Fischkonserven sah ich ihn. Mokka! Er füllte Regale auf. Ich blieb auf Abstand und beobachtete ihn eine Weile, er hatte mir den Rücken zugewandt. Wäre es ihm peinlich, wenn ich ihn hier sehen würde? Bei Aldi! Vermutlich. Ich musste daran denken, was er mir mit Sasa eingebrockt hat.

„Hallo Mokka." Er sah auf - und für eine Sekunde war er komplett aus dem Konzept, fing sich aber sofort.

„Hey Jonas." Er richtete sich auf. „Ich bin hier für einen Kumpel eingesprungen, der ist krank geworden. Paar Kisten einräumen und so."

„Aha. Und macht es Spaß?"

Er grinste schief. „Na, das wäre ja wohl etwas zu viel verlangt, oder?"

Herr Hellmann bitte an Kasse drei, Herr Hellmann, bitte.

Der Lautsprecher knarzte ziemlich.

„Also dann, wir sehen uns ja in ein paar Tagen im Übungsraum." Er wandte sich wieder seinen Kisten zu.

„Soll ich dir kurz beim Einräumen helfen?"

„Nee danke, geht schon."

Herr Hellmann bitte an Kasse drei, Herr Hellmann, bitte.

Schien ja ziemlich auf der Leitung zu stehen, dieser Herr Hellmann.

Mokka wurde unruhig, er wollte mich loswerden.

„Also, dann mache ich mal meinen Einkauf. Hoffentlich finde ich etwas Essbares in diesem Schuppen." Ich zwinkerte ihm zu. „Wir sehen uns."

„Ja, wir sehen uns."

Ich schob weiter. Fünf Minuten später hatte ich in etwa gefunden, wonach ich gesucht hatte und ging zur Kasse. An Kasse drei saß Mokka. Er war also dieser Herr Hellmann.

Ich wollte ihn nicht weiter in Verlegenheit bringen und tat so, als hätte ich ihn nicht gesehen. Ich wählte Kasse eins, an der eine hübsche, junge Frau saß.

Auf der Rückfahrt dachte ich über die Begegnung nach. Wenn Mokka an die Kasse durfte, dann war er ganz sicher keine Aushilfe, die für einen Kumpel eingesprungen war. Er hatte also gelogen. Weil ihm der Job peinlich war, vermutlich.

Ich fuhr mit dem Auto auf unsere Auffahrt. Auf den Eingangsstufen saß Sasa.

Und ewig grüßt das Murmeltier.

Am liebsten hätte ich den Rückwärtsgang eingelegt und wäre wieder abgehauen. Ich stieg dann aber doch aus, schließlich wohnte ich hier.

„Was willst du?", fragte ich sie ziemlich schroff.

Sie fing an zu weinen.

Verdammt, lass mich doch einfach in Ruhe!

Ich setzte mich neben sie auf die Stufe. Sie klang ziemlich verzweifelt. Also legte ich einen Arm um ihre Schulter, sie lehnte sich an mich und heulte mir das Shirt nass. Ich küsste flüchtig ihr Haar.

„Sasa, es tut mir echt leid. Wenn ich gewusst hätte, dass das solche Gefühle bei dir auslöst, dann hätte ich das niemals getan."

Sie putzte sich die Nase. „Ich kann einfach nicht mehr ohne dich leben, Jonas."

„Das redest du dir doch nur ein."

„Nein, ich denke Tag und Nacht an dich. An uns."

„Sasa, es gibt kein *uns*!"

„Das akzeptiere ich aber nicht."

Ich ließ sie los. „Hör mal, wir sind hier nicht bei *Wünsch dir was*, sondern bei *So ist es*. Also, sei bitte so gut, und halte dich fern von mir. Ich glaube, es ist auch besser, wenn du nicht mehr in den Übungsraum kommst."
Sie fing wieder an zu weinen.

„Jedenfalls für ein paar Wochen", milderte ich ab.

„Bitte, Johnny, ich will doch nur ein bisschen Zeit mit dir. Das muss deine Freundin ja gar nicht erfahren."

„Ich heiße Jonas, verdammt! Hör auf, mich Johnny zu nennen. Bin ich etwa ein Scheiß-Seemann, oder was?"

Sie lachte. „Also, was sagst du?"

„Was soll ich sagen, Susanne?"

„Nenn mich nicht immer Susanne! Ich meine, ich könnte doch deine Affäre sein, deine Freundin würde das nie erfahren."
Es war zum Verzweifeln.

Ich sah ihr in die Augen. „Jetzt hör mir mal gut zu. Ersten ist das nicht mein Stil. Und zweitens - und das ist der entscheidende Punkt, Susanne - zweitens habe ich absolut kein Interesse an dir."

„Das stimmt nicht, sonst hättest du mich ja gerade nicht

geküsst!"

„Susanne! Ich hatte Mitleid mit Dir! Und ein schlechtes Gewissen! Mehr nicht!"

Mein Handy klingelte, ich sah auf das Display. Manu.

„Ich muss jetzt rein, also sei bitte so lieb, und lass mich in Ruhe, okay?"

Ich ging rein und nahm den Anruf entgegen. Wir redeten eine Weile, als ich anschließend nach draußen schaute, war Sasa verschwunden.

Ich räumte mein Zimmer auf und bezog das Bett neu, dann fuhr ich meinen Rechner hoch. Ich bin nicht mehr so ein Nerd wie früher, eigentlich sogar gar nicht mehr. Vermutlich hab ich mit vierzehn und fünfzehn einfach zu viel vor dem Computer gehangen. Aber das echte Leben ist doch viel spannender. Trotzdem schaute ich in unregelmäßigen Abständen in diversen Foren vorbei.

Auf Facebook gab es zehn neue Freundschaftsanfragen. Sechs kannte ich überhaupt nicht. Ich bestätigte sie trotzdem, je mehr Freunde ich auf Facebook hatte, desto mehr Leuten konnte ich unsere nächsten Auftritte mitteilen. Falls wir mal wieder einen Auftritt haben würden, versteht sich.

Dann schickte ich Mona eine Freundschaftsanfrage und gab *Riott* ein like. *Riott* werden schon bald einen kleineren Gig in einem Club spielen, meine Jungs und ich gehen natürlich hin. Ich war schon sehr gespannt, ihr komplettes Programm zu hören. Und ein klitzekleines bisschen neidisch war ich auch, musste ich zugeben.

Mona wollte um drei zu mir kommen, ich hatte noch eine

Stunde Wartezeit zu überstehen. Die verbrachte ich am Rechner.

Drei Tage später hatten wir die nächste Bandprobe. Der Gig auf dem Festival ist so geil gewesen, ich wollte so schnell wie möglich wieder auf die Bühne. Und ich wusste, dass wir dafür einfach noch viel besser werden mussten.

Also würde ich keinesfalls eine weitere Probe ausfallen lassen. Und unser Fanclub würde hoffentlich nicht auftauchen.

Chris und Manu kamen gleichzeitig, Mokka zwei Minuten später. Er setzte sich hinter sein Schlagzeug, sah mich an und grinste ausgesprochen süffisant.

„Was grinst du denn jetzt schon wieder so?" Wollte er seinen Aldijob überspielen, oder was?

„Ach, nur so."

„Nun sag schon."

Chris räusperte sich und sah mich unsicher an.

„Was ist denn los?" Ich schaute meine Bandkumpels an. Irgendwas stimmte nicht. Nur Manu schien genauso ahnungslos wie ich.

„Ich sag nur Ikeableistift." Mokka lachte jetzt laut. Hä?

Chris räusperte sich noch mal. Ich sah zu ihm, er sah verlegen zu Seite.

„Chris, was ist los?"

Er sah mich an. „Du weißt es also noch gar nicht, Jo?"

„Was weiß ich noch gar nicht?"

Mokka lachte jetzt schallend.

„Hallo! Kann mich mal jemand aufklären, ich stehe komplett auf der Leitung."

„Ja, das merkt man." Mokka kriegte sich gar nicht wieder ein.

Chris sah mich an. „Das darfst du gar nicht ernst nehmen, Jo."

„Chris, wovon redest du?"

„Da sind ein paar Kommentare auf Facebook über dich, die ... nun ja ... nicht gerade sehr freundlich sind."

„Was denn für Kommentare?"

Unser Schlagzeuger fiel fast von seinem Hocker vor Lachen.

Ich nahm mein Handy und öffnete Facebook. Nach einigem scrollen fand ich, was den Typen am Schlagzeug so amüsierte.

Da unterhielt sich eine Mandy mit einer Pamela über mich. Ich kannte weder die eine noch die andere. Dann gab es noch Dodo, die auch total wichtige Kommentare beisteuern konnte.

Nacht mit Jonas C. verbracht. Sein gutes Stück braucht den Vergleich mit einem Ikeableistift durchaus nicht zu scheuen ☺
Mandy

Da ist es dann auch egal, wenn der Typ nach ´ner Minute kommt ☺
Pamela

Der hat nix in der Hose und bringt es nicht im Bett? Dachte ich mir schon.

Dodo

Es ging noch weiter, ich las es nicht. Darum würde ich mich später kümmern. Ich sah von einem zum anderen, vermutlich war ich rot bis unter die Haarwurzel.

Mokka lachte sich immer noch schlapp.

Mein Puls war auf hundertachtzig. Ich ging zu ihm, legte ihm meine beiden Hände um den Hals, und sah ihm in die Augen. „Wenn du nicht in dieser Sekunde aufhörst zu lachen, dann drücke ich zu, du Aldipussy!"

Er war augenblicklich ruhig.

Manu sah mich überrascht an. Schließlich war ich Waldorf - Gewaltfreiheit und so.

Ich sah zu Manu. „Mandy, Pamela und Dodo unterhalten sich auf Facebook über meine nicht vorhandenen Qualitäten im Bett."

„Was?"

„Ich kenne die nicht. Keine Ahnung, wer wirklich dahinter steckt." Ich sah zu Mokka, der wich meinem Blick aus.

„Scheiße Man." Manu schüttelte den Kopf.

„Kann man sagen. Aber lass uns das jetzt nicht dramatisieren. Ich will heute mindestens ein neues Stück mit Mokka üben, alles klar?"

Sie waren sofort bei der Sache.

Ich nicht.

Was für eine Scheiße war das jetzt wieder? Ich hatte keine Ahnung, wie oft Mona auf Facebook unterwegs war, aber

106

über kurz oder lang würde sie es lesen. Ich konnte mich kaum auf den Song konzentrieren, wir kamen an diesem Abend nicht wirklich weiter. Mokka sah mich kein einziges Mal mehr an, er wirkte kleinlaut wie noch nie, was mir nur recht war.

Nach der Probe rief ich Mona an, sie meldete sich sofort.

„Hey Süße, wollen wir noch was trinken gehen?"

„Ja gerne. Ins *Collage*?"

„Nee, lieber irgendwo, wo es nicht so laut ist. Was hältst du von dem Italiener beim Fischbrunnen?"

„Auch gut, ich bin in zehn Minuten da."

Wir setzten uns an einen Tisch in der Ecke und bestellten Wein und einen kleinen Vorspeiseteller, den wir uns teilen wollten.

Dann sah ich sie an. „Mona, ich muss dir was sagen."

Sie grinste. „Das es für dich nicht nur Sex ist?"

„Dieses Mal ist es leider nicht ganz so spaßig."

Sie wurde augenblicklich ernst. „Was ist los?"

„Jemand schreibt verschissenes Zeug über mich auf Facebook."

„Was denn für Zeug?"

Ich nahm ihre Hand und sah ihr in die Augen. „Am besten, du liest das nicht, Mona. Es geht um … nun ja … meine angeblich nicht vorhandenen Qualitäten im Bett."

„Was? Wer schreibt denn so was?"

„Wenn ich das wüsste, wäre ich einen Schritt weiter."

„Aber du musst doch wissen, wer das gepostet hat."

„Mandy, Pamela und Dodo." Ich grinste sie schief an. „Wer?"

„Die Frauen gibt es nicht, da bin ich mir ganz sicher. Da erlaubt sich jemand einen ganz üblen Scherz mit mir."

„Aber warum?"

„Wenn ich das wüsste."

„Vielleicht ´ne Ex? Hat da noch jemand eine Rechnung mit dir offen?"

„Meine letzte ernsthafte Beziehung ist mehr als ein halbes Jahr her. Wir haben überhaupt keinen Kontakt mehr."

„Und die nicht so ernsthaften Beziehungen?"
Ich schwieg.

„Jojo, ich bin schon ein großes Mädchen. Du kannst offen mit mir reden."

„Ich habe echt absolut keine Ahnung, wer das über mich schreiben könnte, ehrlich." Ich sah ihr in die Augen. „Tu mir einen Gefallen, okay?"

„Welchen?"

„Lies es einfach nicht, versprichst du mir das?"

„Also gut, versprochen."
Sie würde es trotzdem lesen, da war ich mir ziemlich sicher. Würde ich an ihrer Stelle vermutlich auch.

„Du wirkst richtig bedrückt, Jojo." Sie gab mir einen Kuss. „Wenn du die Frauen gar nicht kennst, beziehungsweise glaubst, dass es sie gar nicht gibt, dann kann es dir doch eigentlich egal sein, oder?"

Ich sah sie an. „Weißt du eigentlich, wie viele Leute diesen Mist lesen können, Mona? Das steht auf meiner Peinlichkeitsscala ganz weit oben, das kannst du mir glauben."

Sie nahm meine Hand. „Komm, lass uns zu dir gehen. Wir kochen Tee, du legst dich aufs Bett und ich singe dir kitschige Liebeslieder."

Ich musste an das Murmeltier denken. „Gehen wir lieber zu dir."

Sie sah mich fragend an.

Ich grinste. „Dein Zimmer ist einfach viel cooler als meines. Und vielleicht bekomme ich dann ja morgen früh wieder ein Frühstück von Henny."

Mona schnappte sich ihre Gitarre, kaum dass wir im Zimmer waren, und begann zu spielen. Sie improvisierte ein bisschen rum, es klang ziemlich gut. Dann sah sie mich an. „Wollen wir einen Song zusammen schreiben?"

Ich lächelte. „Ein Liebeslied?"

„Warum nicht ein Liebeslied." Sie spielte weiter.

Ich nahm mir eine andere Gitarre und begleitete ihre Improvisation.

Mona begann zu singen: „This is a Song - a Song about Love." Dann lachte sie sich kaputt. „Achtung! Kitschalarm!", prustete sie.

Wir spielten noch ein bisschen, irgendwie harmonierte das ziemlich gut mit uns beiden. Sollte mich ja eigentlich auch nicht wundern. Mona improvisierte noch einmal einen Songtext. Ich summte mit. Es entstand eine Melodie, die durchaus als Refrain durchgehen konnte.

Dann legte sie ihre Gitarre beiseite. „Da fehlt der Sex, aber ganz entschieden."

„Wie meinst du das denn?"

„Na, dem Song fehlt der Pfeffer."

„Aha, und wie willst du dem Song Pfeffer verpassen?"

„Wie wohl?"

„Also wie?"

Sie lächelte, nahm mir die Gitarre aus der Hand und setzte sich auf meinen Schoß. „Das zeige ich dir jetzt, Kleiner."

Während sie mich auszog, summte sie weiter die Melodie, die uns gerade einfallen war, ich summte mit. Das ging allerdings ziemlich schief, meine Stimme hatte ich nämlich definitiv nicht mehr unter Kontrolle. Und so einiges andere auch nicht.

Mona war ganz anders als sonst. Zurückhaltend, zart, anschmiegsam. Es fühlte sich an, als würden wir zum ersten Mal zusammen schlafen und müssten uns erst entdecken.

„Ich liebe dich", flüsterte sie irgendwann in mein Ohr.

Ich sah ihr in die Augen. „Und ich dich erst, Mona. Wenn du wüsstest, wie sehr, würdest du vermutlich ganz schnell weglaufen."

Später - es war schon sehr spät - saßen wir mit unseren Gitarren nackt im Bett und spielten noch mal *unseren Song*. Henny und Max waren zum Glück nicht da, sonst hätten wir nicht so laut sein können. Ansonsten schien es im Haus niemanden zu stören, jedenfalls hämmerte keiner mit einem Besenstiel an die Decke.

„Ich werde mich morgen mal an einen Text machen, okay? Heute fällt mir nicht mehr wirklich etwas Sinnvolles ein", sagte ich.

Mona lachte. „Einverstanden. Aber nur, wenn das Wort *Love* ganz oft vorkommt."

Ich lächelte sie an. „Lass uns schlafen, wir sind beide ziemlich hinüber, oder?" Ich legte die Gitarre zur Seite und nahm ihr ihre auch weg.

„Ich bin hellwach", murmelte sie in meinen Armen, dann war sie eingeschlafen.

Es war nur noch die Schreibtischlampe an, die ein schummriges Licht über den ganzen Raum legte.

Ich sah Mona an, die tief schlief.

Was ich bei ihrem Anblick fühlte, ist nicht in Worte zu fassen.

Aber eines wusste ich ganz sicher. Ich würde alles für sie tun. Alles für unsere Beziehung tun. Alles. Sogar töten.

Fünftes Kapitel
Die Ballade des Jahres

Ich legte eine CD ein und drehte voll auf. Dann fuhr ich meinen Rechner hoch. Nach dem Frühstück hatte Mona mich höflich aber bestimmt zur Tür katapultiert. Sie musste lernen - und ich würde mich mit dieser Facebook-Scheiße beschäftigen müssen.

Ich musste schon ein ganzes Stück runter scrollen. Zum Glück, immerhin keine neuen posts.

Mandy, Pamela und Dodo hatten noch ein paar Kommentare geerntet, die aber alle mehr oder weniger harmlos waren.

Patrick, ein Typ aus meiner Klasse, hatte es für mein Gefühl ziemlich auf den Punkt gebracht.

Was soll das denn werden, ein shitstorm im Wasserglas?

Ich überlegte kurz, ihm eine sms zu schreiben und mich zu bedanken, ließ es dann aber. Ich würde das ganze Thema komplett ignorieren, das war sicher das Beste.

Wer stellte mich so bloß? Mokka? Warum sollte er das tun? Sasa? Da sie sich ja offensichtlich in mich verliebt hatte, wäre das ja wohl das Letzte, was ihr einfallen würde. Vielleicht jemand ganz Fremdes, der mich nicht kannte und den ich nicht kannte? Nur so zum Spaß?

Die Profile von Mandy, Pamela und Dodo waren unvollständig, Bilder gab es keine. Ich würde es wohl nicht herausbekommen.

112

Ich postete ein bisschen was zu unserem Gig auf dem Festival, stellte einige Fotos online und rückte damit die posts noch weiter nach unten.

Manu und Chris waren auch gerade online und kommentierten meinen posts. Damit war das Ganze erledigt. Hoffte ich jedenfalls.

Ich nahm mir meine Gitarre und machte mich an einen Text für *unseren Song*. Monas Melodie hatte sich in mein Hirn gebrannt, auch wenn ich nur die Akkorde dazu spielen konnte.

Unsere erste Begegnung kam mir in den Sinn. Und die Abende auf der Terrasse am See. Der Mond, der sich auf der Wasseroberfläche gespiegelt hatte, die Sterne, wir beide, ganz eng beieinander sitzend.

Ich begann zu schreiben.

Es war nur ein Fragment - und ein ziemlich kitschiges dazu. Ich traute mich trotzdem, es Mona zu schicken.

Betreff: Kitschalarm!

I know, my love, I know now
By the light of the moon in your eyes
I know, my love, I know now
I´ve been looking for you my whole life

And I know now, my love, I know now
That I will never forget
Because of this song, because of this song
Because of our song about love

Kaum hatte ich es abgeschickt, kamen mir Zweifel. Starke Zweifel, um genau zu sein. Ich meine, ich bin Rockmusiker, und dann schreibe ich so einen Weicheitext.

Mona simste ein paar Minuten später zurück. Nur zwei Worte: Schreib weiter!

Ich schrieb also weiter, gegen fünf war der Text fertig und ich ziemlich zufrieden. Ich würde ihn Mona abends zeigen, wir waren um sieben verabredet.

Mein Handy klingelte - unbekannter Anrufer, ich ging nicht ran. Eine Minute später ging unser Festnetztelefon, ich ließ die Mailbox laufen, es wurde keine Nachricht hinterlassen. Ich musste an die Schweigeanrufe nach Monas und meinem Kurztrip denken. Ob das Sasa gewesen war? Ob das jetzt Sasa ist? Dann gab mein Handy ein Signal, eine sms, ich las.

Ruf mich unbedingt sofort an - Notfall! Gruß Elena.

Wer zum Teufel ist Elena? Ich dachte einen Moment nach, dann wusste ich es. Elena hieß das Mädchen, mit dem Sina gerade durch Europa reiste. Ich rief zurück.

„Jonas, Gott sei Dank." Sie klang sehr aufgeregt.

„Was ist denn passiert?", fragte ich mit trockener Stimme.

„Sina, sie ist ..."

Elena begann zu weinen - und mein Herz begann zu rasen.

„Was ist mit Sina?", schrie ich ins Telefon.

Meine kleine Schwester, gerade mal siebzehn Jahre alt.

Was, wenn ihr etwas zugestoßen war?

Elena konnte kaum sprechen. „Wir haben am Strand übernachtet ... hatten was getrunken ... mit ein paar Typen ... die wir in der Bar kennen gelernt haben. Sina wurde ...“ Sie schluchzte laut auf.

„Elena, bitte beruhige dich. Was ist mit Sina?“ Dann sagte sie es.

Ich konnte sie kaum verstehen vor lauter Schluchzen, aber es war trotzdem sofort klar: „Sina wurde vergewaltigt.“

Das kann nicht sein! Nicht das! Bitte nicht das!

„Wo seid ihr jetzt?“, fragte ich so ruhig wie möglich.

„Wir sitzen an der Strandpromenade auf einer Bank.“

„Wann ist das passiert?“

„Heute am frühen Morgen.“

„Warum rufst du mich jetzt erst an, verdammt?“

„Sina wollte nicht, dass ich jemanden anrufe. Sie meinte, sie kommt schon klar damit. Aber sie kommt nicht klar damit.“

„Wart ihr bei der Polizei?“

„Was soll das bringen, der Typ ist doch längst über alle Berge.“

„Lass mich mit Sina sprechen.“

Elena legte eine Hand über das Handy und sagte was, ich konnte sie nicht verstehen.

„Jonas, kannst du uns abholen?“

„Elena, lass mich mit Sina sprechen!“

„Sie will nicht mit dir reden, Jonas. Bitte, kannst du uns abholen?“

„Wo genau seid ihr?"

„In Holland."

„Holland ist groß. Wo genau?"

„In Zandfoort."

„Wie schreibt man das?"

Sie buchstabierte es mir.

„Ich setze mich jetzt ins Auto, sobald das Navi mir gesagt hat, wann ich da bin, rufe ich dich wieder an. Geh mit Sina in ein Café oder spazieren oder mach sonst was, um sie abzulenken, okay?"

„Okay Jonas. Eines soll ich dir noch sagen." Sie schwieg.

„Was denn?"

„Sina will nicht, dass es irgendjemand außer dir erfährt. Das musst du ihr versprechen, okay?"

Ich überlegte kurz. Ich musste unsere Eltern verständigen.

„Darüber reden wir später. Jetzt fahre ich erst mal los."

„Jonas, bitte ruf niemanden an, schon gar nicht deine Eltern, versprich es Sina."

Nachdem wir aufgelegt hatten, schnappte ich mir ein paar CDs, eine Flasche Wasser, die Autoschlüssel, mein Handy und lief zum Auto. Das Navigationsgerät sagte sechs Stunden Fahrt voraus. So lange war ich noch nie am Stück gefahren. Ich stöpselte den Kopfhörer des Handys ein und gab Elena meine Ankunftszeit durch, während ich aus der Stadt fuhr.

„Wo warst du letzte Nacht, Jojo?" Mona sah mich an, wir saßen in einem Café.

Es war später Vormittag und ich komplett fertig, so hundemüde, wie noch nie vorher in meinem Leben. Am liebsten hätte ich mich einfach mit Mona ins Bett gelegt und den ganzen Tag verschlafen.

Ich nahm ihre Hand. „Ich kann dir das nicht sagen, Mona, aber du musst mir glauben, dass es absolut nichts mit uns zu tun hat."

Sie zog ihre Hand weg. „Hör mal, wir waren gestern Abend verabredet. Da darf ich ja wohl erfahren, was dich abgehalten hat, oder etwa nicht?" Sie war sauer.

Und ich einfach zu müde für dieses Gespräch. „Können wir später darüber reden, ich bin jetzt einfach zu müde."

„Warst du mit einer anderen zusammen letzte Nacht?"

„Nein, natürlich nicht."

„Und warum glaube ich dir das nicht?"

„Mona, bitte, ich kann einfach nicht mehr. Lass uns später reden."

Sie sah mich kalt an, sagte aber nichts weiter.

Ich nahm wieder ihre Hand. „Können wir uns nicht einfach zusammen ins Bett legen und ein bisschen schlafen?"

Sie stand auf und sah auf mich herab. „Ich habe nicht vor, diesen Tag zu verschlafen, Jonas. Du kannst dich ja melden, wenn du diese unerklärliche Müdigkeit überwunden hast - falls du sie überwindest."

Damit war sie verschwunden. Shit!

Ich zahlte und fuhr nach Hause.

117

Leise klopfte ich an Sinas Tür und ging rein. Sie lag im Bett, Elena lag neben ihr. Ich setzte mich zu ihnen und strich Sina über die Wange.

„Wie geht es denn, meine Kleine?"

„Besser."

„Wirklich?"

„Ja, es ist gut, zu Hause zu sein."

„Wir sollten zur Polizei gehen, Sina."

„Auf keinen Fall! Jo, wenn du das irgendjemandem sagst, dann bringe ich dich um!"

„Sina, es ist ein Verbrechen!"

„Ich hatte doch selber Schuld, hätte eben nicht so viel saufen sollen."

Elena seufzte.

„Hör mir mal gut zu, Sina. Du bist ganz sicher nicht selber schuld, rede dir das bloß nicht ein."

Sie begann zu weinen, ich war mit der Situation komplett überfordert.

„Sina, ich möchte Mama und Dad anrufen, damit sie nach Hause kommen."

„Auf keinen Fall, Jo", schluchzte sie, „ich spreche nie wieder ein Wort mit dir, wenn du das machst."

Also rief ich niemanden an, sondern ging in mein Zimmer und warf mich aufs Bett. Schlafen konnte ich allerdings nicht. Fünfzehn Stunden hatte ich hinter dem Lenkrad gesessen. Wir haben kaum gesprochen während der Rückfahrt. Irgendwann sind Sina und Elena eingeschlafen und ich war mit meinen Gedanken alleine.

Aus den wenigen Andeutungen von Elena konnte ich mir zusammenreimen, dass sie mit ein paar älteren Jungs in einer Bar gefeiert hatten. Dann haben sie alle am Strand ihre Zelte aufgebaut und dort weiter getrunken. Sina ist wohl allein in ihr Zelt, während Elena noch mit einem von den Typen baden gegangen ist. Als sie zum Zelt zurückkam, sah sie nur noch eine Gestalt weglaufen.

Sina hat während der Fahrt die ganze Zeit geschwiegen, aber als Elena vorsichtig von den Ereignissen berichtete, begann sie zu würgen. Also erfuhr ich nicht mehr.

Meine Schwester brauchte Hilfe, soviel stand fest. Ich wollte aber auch nicht gegen ihren Willen unsere Eltern anrufen. Brauchte sie vielleicht einen Arzt?

Man, woher sollte ich so was wissen? Ich war Neunzehn. Cara! Ich würde Cara anrufen, warum war ich da nicht früher drauf gekommen?

Ich ging zurück zu Sinas Zimmer, klopfte kurz und setzte mich wieder zu ihnen auf die Bettkante. Meine Schwester weinte.

Ich nahm ihre Hand. „Sina, du brauchst Hilfe. Hilfe, die Elena und ich dir nicht geben können."

Elena nickte träge.

„Ich werde jetzt Cara anrufen, okay?" Unsere große Schwester, immerhin zweiundzwanzig. Und ziemlich taff.

Sina weinte jetzt lauter. „Also gut", schluchzte sie.

Ich warf Elena einen Blick zu, der besagte, sie solle auf Sina aufpassen, und ging zurück in mein Zimmer. Dann rief ich Cara an.

Ich wußte nicht genau, wann ich das letzte Mal geschlafen hatte. Ich konnte mich nicht mal mehr erinnern, wie es war, zu schlafen.

119

Ich saß jedenfalls wieder im Auto. Dieses Mal, um Cara zu holen, deren eigene Karre gerade in der Werkstatt war.

In wenigen Worten hatte ich ihr am Telefon die Problematik geschildert, sie fing an zu weinen, kriegte sich aber sehr schnell wieder ein und regelte mit dem für sie typischen Pragmatismus die Situation. Zum Glück musste ich bis zu ihr nur eine Stunde fahren. Die Rückfahrt übernahm sie und ich versuchte zu schlafen. Es gelang mir nicht.

Ich schrieb Mona eine sms.

Bitte vertraue mir. Ich melde mich morgen. Love you - Jo

Sie antwortete nicht.

Zu Hause ging Cara sofort in Sinas Zimmer. Ich sah mich in der Küche um, der Kühlschrank gähnte mir seine Leere entgegen.

Ich fuhr einkaufen. Es war Zeit für das Abendessen, ich konnte Spaghetti in allen möglichen Variationen und beschloss, für die Mädchen zu kochen.

Im Supermarkt gab mein Handy ein Signal, endlich. Ich schaute drauf, eine sms von Sasa. Auch das noch! Ich las sie nicht.

Sina wollte erst nicht aufstehen, kam nach ein paar Überredungsversuchen von Elena und Cara aber doch in die Küche. Sie sah sehr blass aus. Ich gab für jeden eine Portion Spaghetti auf unsere großen, italienischen Teller und einen ordentlichen Schlag Tomatensoße mit Krabben dazu. Den Parmesan konnte sich jeder selber drauf reiben.

Sina stocherte nur in der Soße rum, aß aber nichts.

Ich sah fragend zu Cara, die nahm Sinas Hand.

„Iss etwas, du hast sehr lange nichts mehr in den Magen bekommen."

„Hm."

„Sina, bitte, du musst was essen."

„Hm."

Cara sah erst mich, dann Elena an. „Ich werde jetzt einen Arzt rufen!", sagte sie entschlossen und stand auf.

Sina funkelte sie böse an. „Du hast es mir versprochen, niemand erfährt etwas."

Cara seufzte, setzte sich aber wieder und nahm Sinas Hand. „Jetzt hör mir mal gut zu, kleine Schwester. Du wirst dir nicht von einem besoffenen Arschloch dein Leben verderben lassen. Das werde ich ganz sicher nicht zulassen. Hör auf, dich verantwortlich zu machen für das, was passiert ist."

„Und wie soll ich das machen?", fragte Sina zweifelnd, schon wieder den Tränen nahe.

„Sina, du musst mit jemandem sprechen, der sich besser auskennt als wir. Mit einer Therapeutin. Du musst das aktiv angehen. Je früher desto besser. Das wird dir helfen."

Sina zuckte nur mit den Schultern.

In mir kochte es. Am liebsten wäre ich auf die Straße gerannt und hätte den erstbesten Typen, der mir über den Weg lief, verprügelt.

Was sind das für Menschen, die anderen so etwas antun? Was geht in einem Mann vor, der auf so unvorstellbare Weise die Grenzen eines jungen Mädchens verletzt? War das wirklich noch mit zu viel Alkohol zu erklären?

Ich musste an Sasa denken. Ich hatte mit ihr geschlafen, als ich besoffen war. Wegen einer Wette. Dieser bescheuerten Wette! Aber ich hatte sie nicht gezwungen, ihr nicht wehgetan. Das könnte ich niemals tun. Trotzdem schlich sich mein schlechtes Gewissen mal wieder von der Seite an, um Hallo zu sagen.

Irgendwann gingen wir in unsere Zimmer, Elena schlief mit Sina in einem Bett, Cara im Schlafzimmer unserer Eltern. Ich sah noch mal auf mein Handy, keine Nachricht von Mona.

Dann setzte ich mich an den Rechner. Ich konnte das Wort kaum in die Suchmaschine schreiben. *Vergewaltigung*.

Es gab einige Foren, in denen man etwas über Hilfsangebote erfuhr. Vielleicht könnte ich Sina morgen dazu überreden, sich das mal anzusehen.

Irgendwann legte ich mich in Klamotten aufs Bett und schlief ein.

Ich träumte den ersten Alptraum meines Lebens.

Es klingelte Sturm an der Tür. Ich wurde wach, es war taghell. Der Wecker zeigte mir, dass ich zehn Stunden geschlafen hatte.

Der Alptraum hing mir noch in den Knochen, aber immerhin fühlte ich mich einigermaßen ausgeschlafen.

Caras energische Stimme war im Flur zu hören. Was ging da vor sich? Eine weitere Frauenstimme, die fast schrie. Sina? Wie ging es Sina? Ich sprang auf und lief in den Flur.

Dort stand Cara zusammen mit - Sasa! Die fehlte mir gerade noch. Meine Schwester sah mich verzweifelt an.

„Sie ließ sich nicht abwimmeln, Jo."

„Nein, ich lasse mich ganz sicher nicht abwimmeln, du blöde Kuh!" Sasa schrie Cara direkt ins Gesicht. In drei Schritten war ich bei ihr, packte sie am Arm und zog sie hinter mir her durch die Eingangstür.

Draußen ließ ich sie los. „Du verschwindest jetzt sofort von unserem Grundstück, Susanne!"

Herr Meyer von nebenan ging mit seiner kleinen, kläffenden Töle an unserem Grundstück vorbei und schaute äußerst interessiert. Ich grüßte ihn und tat, als wäre es das Normalste von der Welt, in Unterhosen mit einer Frau vor der Tür zu stehen und zu streiten.

„Das ist sie also, deine Schnalle!", fauchte Sasa.

Ich sah ihr kalt in die Augen. „Verschwinde aus meinem Leben, Susanne! Und zwar sofort und für immer!" Dann drehte ich mich um und war zurück im Haus, nicht ohne theatralisch die Tür zugeknallt zu haben.

„Was war das denn jetzt?" Cara sah mich fragend an.

Ich schüttelte den Kopf. „Vergiss es einfach, nicht wichtig. Absolut nicht wichtig. Wie geht es Sina?"

„Es geht ihr etwas besser, glaube ich. Ich habe gerade mit einer Beratungsstelle geredet, *Frauen helfen Frauen*. Die haben Psychologinnen, die auf Gespräche mit Vergewaltigungsopfern geschult sind. Wir könnten heute Nachmittag kommen. Nun muss ich nur noch Sina überreden, dort mit mir hinzugehen."

„Das wäre sicher gut." Ich war nicht bei der Sache, Sasa geisterte mir im Kopf rum.

So langsam wurde das ja zu einem echten Problem mit dieser Frau. Ich ging zurück in mein Zimmer und sah auf mein Handy. Eine neue Nachricht - von Sasa.

Ich las sie nicht, stattdessen rief ich Mona an.

„Wie soll ich dir vertrauen, wenn du mir nicht alles sagst, Jojo?"

Wir lagen auf Monas Bett und starrten an die Decke. Wir hatten uns noch nicht mal richtig geküsst, nur so flüchtig, wie Freunde. Mein Handy gab ein Signal, ich sah kurz drauf. Eine sms von Sasa, was auch sonst?

„Wer schreibt dir?" Sie sah mich nicht an.

„Nichts Wichtiges."

Mona richtete sich auf und sah mir in die Augen. „Du bekommst andauernd irgendwelche sms, die natürlich alle komplett unwichtig sind. Du verabredest dich mit mir und kommst nicht. Nur eine lapidare Nachricht, dass es nicht geht. Du bist scheinbar eine ganze Nacht nicht zu Hause, kannst mir aber nicht sagen, was du stattdessen gemacht hast. Was soll ich denn bitte davon halten, Jonas?"

Sie hatte ja recht. Kurz überlegte ich, ihr alles zu sagen. Von Sasa, von Sina.

Stattdessen nahm ich ihre Hand und zog sie zu mir, sie ließ es zu, erwiderte meinen Kuss aber kaum. „Bitte vertrau mir, Mona!"

Sie sah mich an. „Nicht ganz einfach, du Nase."

Dann küsste sie mich richtig, endlich.

Ich hielt sie fest und ließ sie nicht wieder los.

„Dieses komische Mädchen war wieder da." Cara sah mich stirnrunzelnd an.

Sasa!

„Du meinst Susanne?"

„Sie nannte sich Sasa."

„Das ist Susanne, was wollte die denn schon wieder?"

„Sie sagte, sie sei deine Freundin und müsse dich unbedingt sprechen. Ich konnte ihr nicht sagen, wo sie dich findet. Hätte ich aber auch nicht getan, wenn ich es gewusst hätte. Die Alte ist dezent gestört, oder?"

„Kann man wohl sagen. Wie geht es Sina, wart ihr schon bei der Beratungsstelle?"

„Ja, ich glaube, das war auch ganz gut. Sie wirkt jetzt jedenfalls ruhiger. In drei Tagen ist der nächste Termin."

„Das ist gut."

Wie am Vormittag war ich wieder nicht ganz bei der Sache.

Sasa! Was konnte ich bloß tun, um sie los zu werden? Sollte ich mit Cara darüber reden?

Dann müsste ich ihr allerdings auch von der Wette erzählen, und das wäre mir ziemlich peinlich.

Ich beschloss, mich mit Manu zu treffen und rief ihn an.

„Sasa lässt mich einfach nicht in Ruhe und ich habe so langsam keinen Plan mehr, wie ich die Frau aus meinem Leben kriege."

Wie saßen zusammen im Biergarten.

Manu runzelte die Stirn. „Was macht sie denn genau?"

„Sie taucht unangemeldet bei uns auf, prollt rum, behauptet meiner Schwester gegenüber, dass sie meine

Freundin sei und so Zeug. Heute Morgen habe ich sie ziemlich unsanft rausgeschmissen, nachmittags war sie wieder da."

„Scheiße Mann!"

„Kann man sagen."

„Weiß Mona davon?"

„Nee, zum Glück nicht. Das darf sie auch auf keinen Fall erfahren. Es ist schon genug Unsicherheit in unserer Beziehung."

„Was denn für Unsicherheit? Ich meine, wenn sie gar nichts von Sasa weiß?"

„Es sind ein paar ziemlich beschissene Dinge passiert, die ich erst mal klar kriegen muss."

„Was denn für Dinge?"

„Ich kann nicht darüber reden, okay?"

„Na, du tust ja geheimnisvoll." Manu bestellt sich noch ein Bier.

Ich spürte, dass ihn meine komischen Andeutungen nervten. Bislang haben wir absolut keine Geheimnisse voreinander gehabt. Wie gerne hätte ich ihm einfach alles erzählt. Diese ganze Scheiße mit Sina.

Ich sah ihn an. „Es hat mit meiner Familie zu tun, okay. Mehr kann ich dazu einfach nicht sagen. Ich hab es versprochen."

Er sah mich besorgt an. „Okay Kumpel. Du weißt ja, dass du mich jederzeit kontakten kannst, wenn du doch reden willst oder irgendwie Hilfe brauchst."

„Ja, das weiß ich. Danke." Wir schwiegen einen Moment.

„Und was willst du jetzt mit Sasa machen?"

„Wenn ich das wüsste. Ich habe einfach keinen Plan, wie ich sie loswerden kann. Außer, sie zu ermorden." Ich grinste.

„Das ist doch mal ein Plan." Er grinste zurück.

„Du hast nicht zufällig eine Waffe dabei?"

Wir blödelten noch eine Weile rum, dann fuhr ich zu Mona.

Henny machte mir die Tür auf. „Hey Jonas, komm rein. Mona sitzt mit dieser übergeschnappten Tucke in der Küche."

Ich musste lachen. Bevor ich in die Küche ging, stellte ich mein Handy auf lautlos.

Mona und Max saßen am Küchentisch und tranken Wein. Sie küsste mich, Max strubbelte mir durch das Haar.

„Na Loverboy, wie ich hörte, schreibt ihr zwei Süßen gerade den Song des Jahres. Ich stehe als Manager zur Verfügung. Sagen wir 20% Beteiligung? Dafür bring ich euch aber auch ganz groß raus."

Mona lachte und zwinkerte mir zu.

Ich wollte so gerne mit ihr alleine sein. Ich sah sie an. „Hast du gehört, Mona? Max hat uns gerade befohlen, den Song des Jahres zu schreiben", ich sah die zwei Jungs an, „das bedarf natürlich äußerster Konzentration, wie ihr verstehen werdet. Wenn ihr uns also entschuldigt." Damit zog ich sie aus der Küche in ihr Zimmer.

Kaum hatten wir die Tür geschlossen, nahm ich sie in den Arm und küsste sie. So, wie ich es schon die ganze Zeit gewollt hatte.

Später nahm ich mir eine ihrer Gitarren und zupfte etwas darauf herum. Ich hätte ihr gerne den Text zu *unserem Song* vorgesungen, aber irgendwie war es mir auch ziemlich peinlich. Ich hatte in meinem ganzen Leben noch nie so etwas Kitschiges geschrieben. Trotzdem fand ich es - nun ja - passend. Passend für uns, für unsere Liebe.

Ich begann leise zu singen, nur so in mich hinein. Sie sah mich aufmunternd an, also nahm ich all meinen Mut zusammen und sang ihr den Song vor. Dabei zitterte meine Stimme ganz erheblich.

Als ich geendet hatte, blieb es still. Ich wagte nicht, sie anzusehen. Ich erwartete, dass sie anfangen würde zu lachen. Jeden Moment würde sie einfach losprusten.

„Das ist der Grund, oder?", sagte sie irgendwann.

Ich sah sie an, sie hatte Tränen in den Augen. „Was meinst du, Mona?"

„Du hast die ganze Nacht an dem Song geschrieben, oder? Und wolltest nicht aufhören, bis er perfekt ist. So perfekt, wie er jetzt ist."

Ich schwieg.

Eine einfache Lüge, eine, die niemandem wehtun würde. Einfach, plausibel, schlicht.

Ich sah ihr in die Augen. „Ja."

„Du Blödmann, warum sagst du mir das denn nicht einfach?" Sie lachte laut auf vor Erleichterung. „Der Text ist toll, der passt perfekt zu der Melodie." Dann küsste sie mich.

Der Text passte wirklich ziemlich gut. Wir spielten den Song ein paar Mal zusammen, Mona spielte die Leadgitarre, während ich sang und sie begleitete.

Dann sah ich sie an. „Das musst du singen, Mona. Deine Stimme ist einfach viel toller als meine."

Sie nahm sich den Text und begann zu singen. Sie legte so viel Blues in ihre Stimme, es klang unglaublich melancholisch, aber trotzdem cool, fast magisch.

Ich sang nur noch leise den Refrain mit, alles andere überließ ich ihr.

Irgendwann klopfte es zaghaft, Henny stecke den Kopf durch die Tür. „Wir möchte den Song auch mal hören, ihr zwei Turteldingens."

Grinsend nahmen wir unsere Gitarren und gingen zurück in die Küche. Max war am Kochen und warf uns einen aufmunternden Blick zu.

Also setzten wir uns an den Küchentisch. Ich sah kurz zu Mona. Als sie zu singen begann, nahm Henny Max den Kochlöffel aus der Hand und ihn in den Arm. Die beiden hörten uns zu, als seien wir mindestens *Ike and Tina Turner* oder *Sonny and Cher* oder so.

Als wir fertig waren, blieben sie still, Mona und ich sahen uns an und grinsten.

Aus Max Gesicht war jede ironische Tuntigkeit verschwunden, er schaute begeistert. „Das ist ganz große Oper, ihr Lieben!", sagte er ernst und Henny nickte.

Mona gab mir einen Kuss. „Das ist dein Applaus."

Ich grinste sie verlegen an. „Unserer."

„Das müsst ihr unbedingt mal live spielen", meinte Henny.

„Tja, wir haben aber leider unterschiedliche Bands", erwiderte ich.

Mona sah mich nachdenklich an. „Wir könnten den

Song doch in unseren Auftritt einbauen, den wir übernächste Woche im *Pavillon* haben."

„Na, da würden Skoona und Tott sich aber bedanken."

„Quatsch, da machen die sicher mit." Sie machte wieder ein nachdenkliches Gesicht. „Vielleicht können wir den Song ja sogar mit beiden Bands spielen. Um das zu üben, brauchen wir nicht mehr als einen Abend."

Ich überlegte. Lust hätte ich natürlich - und die Jungs sicher auch.

Mona sah mich an und grinste. „Das könnte wirklich funktionieren. Du spielst die zweite Gitarre, Manu das Keyboard, dazu euer Schlagzeuger und Tott spielt Congas." Mona wurde richtig aufgeregt bei dem Gedanken. Ich auch, so schnell wieder auf der Bühne, das wäre schon was. Wenn auch nur für einen Songs.

„Ich frag meine Jungs, was sie davon halten. Nur für Chris bräuchten wir noch einen Part, sonst wäre das doof."

„Chris?"

„Na, unser Bassist. Zwei Bässe wären sehr ungewöhnlich, aber Chris spielt ziemlich gut Saxophon, könntest du dir ein Saxophonsolo vorstellen?"

„Warum nicht?" Mona simste ihren Bandkolleginnen, die Antwort kam postwendend. Sie wollten es auf jeden Fall mal probieren. Dann sah sie mich an. „Bei euch im Übungsraum oder bei uns?"

Ich dachte an das Murmeltier. „Bei euch."

Sie runzelte die Stirn. „Bei euch wäre aber eigentlich sinnvoller, dann müsst ihr das Schlagzeug nicht abbauen."

„Kann Mokka nicht auf Totts Schlagzeug spielen, ich meine, müsste er bei dem Gig ja auch, oder?"

Das leuchtete ihr ein. Mona simste noch mal, vermutlich um Tott zu fragen, während ich die Anfrage an meine Jungs schickte. Nach einer halben Stunde war alles gebongt.

Morgen Abend um 20 Uhr wollten wir uns im Übungsraum von *Riott* treffen.

Elena bat mich, sie nach Hause zu fahren. Sina ging es etwas besser. Sie hatte wieder Farbe im Gesicht und wirkte nicht mehr ganz so durchsichtig. Cara wollte die nächste Zeit bei uns wohnen. Mama und Dad anzurufen, lehnte Sina immer noch kategorisch ab. Ich verstand nicht wirklich, warum. Sie wären doch sofort gekommen und hätten sich um sie gekümmert. Cara meinte, dass es Sina peinlich wäre, wenn unsere Eltern davon erfahren würden.

Elena und ich saßen im Auto und schwiegen.

Irgendwann räusperte ich mich. „Sag mal, Elena, hat Sina dir erzählt, was genau passiert ist?"

„Ja." Sie schwieg.

„Was genau ist passiert?"

„Das willst du nicht wissen, Jonas."

Ich überlegte kurz. „Doch, das will ich wissen, Elena. Vielleicht kann ich Sina dann besser verstehen. Ihr besser helfen."

Sie erzählte es mir, ich hätte es lieber nicht wissen wollen. Tränen liefen mir über die Wangen, ich schämte mich nicht dafür.

„Warum seid ihr nicht zur Polizei gegangen, verdammt?"

„Das wollte Sina auf keinen Fall, Jonas." Wir schwiegen.

„Hat sie ... ich meine, hat sie dir das schon erzählt, als ihr noch in Holland wart?"

„Nein, vielleicht hätte ich anders reagiert, wenn ich es da schon gewusst hätte. Ich dachte ..."

„Was dachtest du?"

„Na ja, ich dachte, sie hätte halt irgendwie mit dem Typen rumgemacht und gemerkt, dass sie es doch nicht wollte." Sie schwieg sehr lange. „Wenn ich gewusst hätte, dass er ... so brutal war ..." Jetzt weinte sie auch.
Wir fuhren einfach weiter und heulten das Auto nass.
Ich wollte jemanden töten. Definitiv! Ich wollte dieses Arschloch finden und mit meinen eigenen Händen erwürgen!

Nachdem ich Elena vor ihrem Haus abgesetzt hatte, fuhr ich zum Übungsraum, wir wollten uns um achtzehn Uhr dort treffen. Meine drei Bandkumpels waren schon da und ziemlich aufgedreht. Der Gedanke, in der übernächsten Woche schon wieder auf der Bühne zu stehen, machte sie hibbelig - genau wie mich.

Die Geschichte mit Sina schob ich beiseite, darüber würde ich später nachdenken. Wir trugen unsere Amps und Manus Keyboard in Mokkas Auto und fuhren los. Auf dem Weg vom Hof sahen wir Sasa, sie fuhr mit den Rad auf uns zu und winkte, als sie uns erkannte.

„Fahr einfach weiter, Mokka", sagte ich. Er trat auf die Bremse.

„Aber warum, ich ..."

132

„Fahr weiter!", ich schrie fast.

„Okay, okay." Mokka schüttelte den Kopf, gab aber wieder Gas.

Ich sah in Sasas verdutztes Gesicht, als wir an ihr vorbei fuhren. Zwei Minuten später gab mein Handy ein Signal, ich musste gar nicht draufschauen, um zu wissen, von wem die sms war.

Die Mädels standen vor der Tür und rauchten. Das heißt, Tott und Skoona rauchten, Mona zum Glück nicht. Etwas verlegen gaben wir uns die Hand, schließlich kannten wir uns kaum. Außer Mona und mir natürlich. Nur Mokka war entspannt und locker wie immer. Dann gingen wir rein und bauten auf.

Im Gegensatz zu unserem, war der Übungsraum von *Riott* total sauber. Nachdem alles aufgebaut und eingesteckert war, nahmen Mona und ich unsere Gitarren.

„Na, dann lasst mal hören, was ihr in eurem Liebeswahn zusammengeschrieben habt", meinte Tott lachend.

Mir wurde heiß. Der Songs - unser Song - war so kitschig, vielleicht würden sie einfach alle losbrüllen vor Lachen. Ich sah Mona an, sie nickte mir zu. Dann spielten wir den anderen den Song vor.

Ich sah niemanden an, ich konnte meine Verlegenheit kaum verbergen.

„Puh", meinte Mokka, als wir fertig waren, die anderen schwiegen. Ich sah ihn unsicher an, schließlich konnte ich nicht bis in alle Ewigkeit auf meine Finger starren.

„Sehr cool", meinte er anerkennend, die anderen nickten.

Manu zwinkerte Mona zu. „Du hast echt Soul im Blut,

Lady.“

Mann, war ich erleichtert.

„Dann lasst uns mal schauen, wie wir die Instrumente arrangieren“, sagte ich und sah Manu an.

„Ich könnte ein bisschen Schmalz drüberlegen“, meinte der grinsend.

„Schmalz ist aber schon ziemlich vorhanden, oder?“, entgegnete Tott.

Ich sah die anderen an. „Tott hat recht, wir müssen es nicht noch kitschiger machen, als es eh schon ist.“ Dann sah ich zu Mona, die zuckte nur mit den Schultern.

Wir spielten den Song ein paar Mal. Totts Congas und Mokkas Schlagzeug passten super zusammen und wurden durch den Bass von Skoona perfekt geführt. Das gab dem Song eine gewisse Rauheit. Manu improvisierte erst die Gitarrenmelodie von Mona auf dem Keyboard und spielte dann eine zweite Stimme, was ziemlich gut klang. Chris nickte im Takt, es schien ihm zu gefallen.

„Oha, das ist echt kitschig“, meinte Skoona, dann sah sie in die Runde, „und total cool. Cool und kitschig zugleich, ich wusste gar nicht, dass das geht.“

Chris lachte. „Wenn jetzt noch ein Saxophonsolo dazu kommt, dann brechen die Mädchen reihenweise in Tränen aus.“

Ich sah in die Runde. „Wollen wir es mal versuchen?“

Alle nickten, also nahm Chris sein Saxophon und sah mich an. „Wo soll ich einsteigen?“

Ich schaute zu Mona. „Nach der Bridge, oder?“

Sie nickte, Chris auch. Wir spielten es ein paar Mal mit Saxophonsolo, dann nahmen wir den Song auf. Als wir ihn uns anhörten, waren alle still.

Ich kann nicht genau sagen, was in mir vorging, aber eine ganze Portion Stolz war auf jeden Fall dabei, obwohl ich ja eigentlich nur den Text beigesteuert hatte. Der Song war einfach super. Besser als alles, was ich je geschrieben habe - und auch besser als alles, was ich von *Riott* bisher kannte.

„Echt super", meinte Skoona.

Mona sah sie an, dann schaute sie zu Tott. „Dann spielen wir den Song zusammen im *Pavillon*?"

„Klar", beide nickten.

Ich sah zu meinen Jungs, die nickten ebenfalls.

Mokka räusperte sich. „Der Song ist der Hammer, das wird die Ballade des Jahres, glaubt mir."

Wie hatten also einen Auftritt - Mona und ich. Und die Jungs. Und die Mädels. Wir grinsten alle übers ganze Gesicht, dann übten wir weiter. Erst als der Song sicher saß, hörten wir auf.

„Nun braucht das Schätzchen nur noch einen Titel", meinte Skoona.

Ich sah zu Mona.

„A Song about Love", sagte sie und lächelte mich an, sie sah total verliebt aus. Für eine Sekunde vergaßen wir, dass wir nicht alleine waren. Unsere Blicke versanken ineinander.

Etwas später brachte ich sie zu ihrem Rad. Wir mussten noch das Equipment zurück in unseren Übungsraum bringen.

„Wie sehen uns morgen, okay?" Ich küsste sie.

„Ich dachte eigentlich, du würdest heute Nacht bei mir

schlafen?" Sie zog mich an sich. „Ich wüsste da nämlich noch etwas, das unwesentlich besser ist als Musik."

Ich überlegte kurz, ich musste unbedingt mit Sina sprechen, aber ich wollte auch sehr gerne die Nacht mit Mona verbringen.

„Ich bringe mit den Jungs das Equipment zurück, dann muss ich noch schnell nach Hause. In einer Stunde bin ich bei dir, okay?"

„Okay, ich freu mich auf dich." Sie küsste mich noch mal, dann stieg sie aufs Rad und fuhr los.

„Ich lass mich nicht so behandeln, du Arsch!", Sasa schrie mir entgegen, als ich in unsere Einfahrt fuhr.
Nicht schon wieder, bitte!

Wütend lehnte ich mein Rad an die Wand. „Hör endlich auf, hier ständig aufzukreuzen", schrie ich zurück.

Die Haustür ging auf, Cara steckte ihren Kopf durch die Tür. „Kann ich helfen?" Sie sah mich an.

„Verpiss dich, du dumme Schnalle!", schrie Sasa.
Ich haute ihr eine runter, mit voller Kraft. So stark, dass ihr Kopf gegen die Wand flog. Cara schaute mich entsetzt an, dann rannte sie die Treppe runter zu Sasa, die benommen da stand.

„Tut mir leid, das ... das wollte ich nicht." Ich strich über Sasas Kopf, sie schlug meine Hand weg.

„Bist du okay?", fragte Cara sie.

„Natürlich bin ich okay, total okay. Sieht man ja wohl, oder?", fauchte sie, „ich will einfach nur mein Recht."

„Was denn für ein Recht?" Cara sah mich an, ich zuckte mit den Schultern. Ich hatte definitiv keine Ahnung.

„Susanne, ich kann es nur immer wieder sagen, ich möchte dich in meinem Leben nicht haben, warum ist das so schwer zu verstehen?"

„Du hast mich aber nun mal in deinem Leben!"

Das gab es doch nicht! Nun versuchte Cara es.

„Wenn Jonas dich nicht sehen will, dann wirst du das wohl oder übel akzeptieren müssen."

Sasa sah sie mit hasserfüllten Augen an. „Ich akzeptiere überhaupt nichts ... du ... du … du Nutte!"

Dann drehte sie sich um und stolzierte ohne ein weiteres Wort davon.

Ich strich mir mit der Hand übers Gesicht, dabei scheuerte etwas an meinem Ellenbogen. Ein lange vergessenes Gefühl wollte sich breit machen, ich schob es beiseite. Sasa reichte völlig aus, um mich aus dem Gleichgewicht zu bringen. Mehr konnte ich jetzt wirklich nicht brauchen.

Cara sah mich an. „Scheint so, als hättest du ein Problem, Jo."

„Nicht so wichtig, wie geht es Sina?"

„Es geht."

„Ich möchte kurz unter vier Augen mit ihr sprechen." Cara hob eine Braue, sie machte das genau wie unsere Mutter, wenn ihr etwas nicht gefiel.

Sina lag in ihrem Zimmer auf dem Bett und las, immerhin tat sie etwas. Ich setzte mich zu ihr und strich ihr über den Kopf.

„Wie geht es denn meiner Kleinen?"

„Geht so."

Wir schwiegen eine Weile, dann sah ich ihr in die Augen.

„Sag mal, Sina, weißt du irgendwas von dem Typen? Einen Namen, wo er wohnt, eine Handynummer. Irgendwas?"

Sie schwieg und sah in ihr Buch.

„Sina!"

„Und wenn, was würde das ändern?"

„Das würde alles ändern, Sina."

„Ach, und warum?"

„Darum."

„Ich habe entschieden, dass ich damit alleine klar komme, ohne Polizei. Okay?"

„Nichts ist okay. Das Schwein gehört bestraft."

„Selbst wenn, dafür ist es jetzt zu spät."

„Warum sagst du das, Sina? Wenn du irgendwas von dem Kerl weißt, dann können wir die Polizei immer noch verständigen."

„Meinst du etwa, ich will mir den Stress mit den Bullen geben?"

Ich sah ihr in die Augen. „Und wenn das Schwein das einem weiteren Mädchen antut?"

Sie begann zu weinen.

Ich nahm sie in den Arm. „Sag mir, was du von dem Kerl weißt und ich regele das, okay?"

„Ich habe eine Handynummer, er hat sie mir in der Kneipe gegeben, bevor ..."

„Aber du hast dich nicht bei ihm gemeldet oder er sich bei dir, oder?"

„Bin ich bescheuert? Ich weiß ja nicht mal, ob die Nummer überhaupt stimmt."

„Okay. Lass mich darüber nachdenken, dann sehen wir

weiter."

„Aber nur, wenn du mir versprichst, dass du die Bullen da raushältst. Und Mama und Papa erst recht."

„Ich verspreche es dir, Sina."

In meinem Zimmer wollte ich kurz mein Hemd wechseln, bevor ich zu Mona fuhr, da spürte ich es wieder an meinem Ellenbogen.

Bitte nicht das! Das darf jetzt nicht auch noch dazu kommen! Der Scheiß mit dieser durchgeknallten Sasa reicht völlig!

Bitte, bitte nicht!

Ich ging ins Bad, hob den Arm und sah in den Spiegel. Es war unübersehbar, eine schuppige, rote Stelle an meinem rechten Ellenbogen.

Ich setzte mich auf den Toilettendeckel. Dann brach ich in Tränen aus. Ich heulte mir die Augen aus wie ein kleiner Junge. Ich konnte überhaupt nicht wieder aufhören. Es war einfach zu viel. Es war einfach alles zu viel!

Als ich mich etwas wieder beruhigt hatte, sah ich in den Spiegel, wütend wie noch nie in meinem Leben. Wütend auf Sasa, die dazu imstande war, mir meine Beziehung mit Mona kaputt zu machen. Wütend auf meinen Körper, der wieder rumspinnen wollte. Und wütend auf das Arschloch, das meiner kleinen Schwester das angetan hatte. Stinkwütend, um genau zu sein.

Die Wut fühlte sich auf jeden Fall besser an, als zu heulen wie ein kleines Baby. Viel besser.

Ich dachte noch etwas nach, dann wusch ich mein Gesicht und ging zurück zu Sina. „Gib mir dein Handy, bitte."

Sie sah mich fragend an, gab mir aber das Handy.

Ich blätterte durch ihre Kontakte. „Unter welchem Namen hast du ihn gespeichert?"

„Was hast du vor, Jo?"

„Das lass mal meine Sorge sein. Unter welchem Namen?"

„Er sagte, er heiße Paul."

„Ein Holländer?"

„Nee, ein Deutscher, aus Stuttgart. Hat er jedenfalls gesagt."

Ich fand ihn in den Kontakten. „Weiß er deinen Namen?"

„Ja."

„Wie sieht er aus?"

Sina beschrieb ihn mir als ungefähr zwanzig, blond, klein, eher schmächtig. Umso besser.

„Ich behalte dein Handy für eine Weile."

„Was hast du denn vor, Jo?" Sie sah mich mit ängstlichen Augen an.

„Ich denke mir was aus."

Dann rief ich Mona an. „Hey Süße, leider kann ich doch nicht mehr kommen. Meine große Schwester ist gerade hier aufgetaucht, wir haben uns ewig nicht gesehen."
Schon wieder eine Lüge. Mona schwieg.

„Ich möchte ein bisschen mit ihr quatschen, das ist doch in Ordnung, oder?" Schweigen. „Ich ruf dich gleich morgen früh an."

Sie atmete aus, es klang genervt. „Also gut, dann bis morgen." Dann legte sie auf. Shit!
Ich würde das morgen klären. Jetzt gab es Wichtigeres.

Ich nahm Sinas Handy. Was würde ein junges Mädchen schreiben, der dass Spaß gemacht haben könnte. Allein der Gedanke verursachte mir Übelkeit. Ich musste ihn trotzdem denken. Dann schrieb ich dem Kerl eine sms.

Hey, erinnerst du dich an mich? Lust, mich wieder zu sehen? Gruß S.

Er antwortete sofort, ich hätte kotzen können.

Schön von dir zu hören. Klar hab ich Lust. Bin schon wieder in Stuggi, und du?

Stuggi? Meinte er Stuttgart? Ich simste zurück.

Bin in der Nähe von Stuttgart, wollen wir uns treffen?

Ich überlegte, während ich auf seine Antwort wartete. Nach Stuttgart brauchte ich mit dem Auto höchstens eine Stunde, eher weniger. Was sollte ich machen, wenn er einen Ort vorschlug? Ich kannte mich in der Stadt nicht so gut aus, und ich wollte auf jeden Fall alleine mit ihm sein. Keine Zeugen. Also simste ich schnell noch hinterher, bevor er antworten konnte.

Kennst Du einen Ort, an dem wir alleine sein können? Nur wir zwei?

Seine Antwort kam postwendend.

Oho! Ich warte am Löwentor auf dich, kennst du das?
Wann kommst du? Freu mich!

Löwentor. Keine Ahnung, aber das würde ich ja wohl finden. Ich überlegte noch kurz, dann antwortete ich ihm.

Bin in einer Stunde da, wenn es etwas später wird, warte auf
mich.

Er antwortete nur noch mit einem Smiley.

Ich rief Manu an. „Ich brauche deine Hilfe, hast du Zeit?"

„Jetzt?" Er wirkte erstaunt.

Ich sah auf die Uhr, es war halb zwölf. „Ja, jetzt!"

„Okay, worum geht es?"

„Erzähl ich dir im Auto, ich bin in zehn Minuten vor deiner Tür."

„Alles klar."

Zehn Minuten später stieg Manu zu mir ins Auto, ich fuhr Richtung Stuttgart und erzählte ihm in groben Zügen, was ich vorhatte. Er schwieg die ganze Zeit, ich hörte aber an seinem Atmen, dass er schwer an meinem Plan zweifelte. Aber er sagte nichts, ein echter Kumpel eben.

Gegen zehn am nächsten Morgen rief ich Mona an, ich hatte die Nacht kaum geschlafen aber nicht vor, ihr das auf die Nase zu binden. Sie sollte die Geschichte von der großen Schwester glauben.

„Hey, alles klar bei dir?"

„Bei mir schon." Sie klang sauer, Scheiße.

„Hör mal, ich habe Cara ewig nicht gesehen ..."

„Cara?"

„Meine Schwester."

„Ach so, die heißt Cara." Sie klang, als würde sie mir nicht glauben.

„Wollen wir uns sehen?", fragte ich sie.

„Ich muss lernen."

„Dann später?" Wäre mir sehr recht, dann könnte ich noch etwas schlafen.

„Also gut", antwortete sie, „gegen drei?"

„Alles klar, ich komme zu dir, okay?"

„Ich kann auch zu dir kommen, dann lerne ich Cara kennen." Klang da Zynismus in ihrer Stimme? Es wäre ihr nicht zu verdenken.

„Ähm, die ist heute Nachmittag nicht da. Ich komme zu dir."

Mona lachte verächtlich, dann legte sie auf. Heißt das jetzt, dass wir ein Date haben, oder nicht?

Ich würde einfach zu ihr fahren - um drei. Nach dem Telefonat legte ich mich wieder ins Bett, konnte aber nicht schlafen.

Die letzte Nacht steckte mir übel in den Knochen. Gegen eins waren Manu und ich mit dem Auto am Löwentor vorbei gefahren. In dem großen Sandsteintor stand tatsächlich ein Typ, auf den Sinas Beschreibung in etwa passte. Es war ziemlich viel Betrieb auf der Straße, damit hatte ich nicht gerechnet.

Wir parkten in einer Seitenstraße und berieten uns, dann schlenderten wir Richtung Löwentor und versuchten, einen unbeteiligten und coolen Eindruck zu machen. Zwei Jungs auf dem Weg in einen Club oder so. Zum Glück war es ziemlich dunkel, nur ein paar funzelige Straßenlaternen spendeten etwas Licht.

Der Typ stand entspannt da und rauchte eine Zigarette. Der war sich keiner Schuld bewusst, soviel stand fest. Als wir auf seiner Höhe waren, sah ich mich einmal kurz um. Mein Herz raste wie verrückt. Dann gab ich Manu ein Zeichen. Wir rannten gemeinsam auf ihn zu, der Überraschungsmoment lag auf unserer Seite. Ich legte dem Typen meine Hände um den Hals und schob ihn in den Park, während Manu ihn von hinten am Abhauen hinderte. Seine Augen weiteten sich vor Angst, er wand sich und versuchte sich zu befreien, aber Manu hatte ihn nun fest im Griff, ich konnte seinen Hals loslassen. Angsterfüllt sah er mich an, sagte aber kein Wort.

„Du kleine Ratte hast also ein Mädchen brutal vergewaltigt", zischte ich.

Seine Augen weiteten sich noch mehr.

„Und deshalb werde ich dich jetzt töten!"

Das hatte ich natürlich nicht vor, aber das Schwein sollte sich vor Angst in die Hose scheißen. Meine Hände würde ich mir an dem nicht dreckig machen.

Die Ratte begann zu winseln. „Hab ich ja gar nicht."

Für den Bruchteil einer Sekunde musste ich an Sina denken. Und dann setzte etwas in mir aus.

Ich haute ihm voll eins in die Fresse, ich konnte einfach nicht anders. Blut spritze aus seiner Nase, ein Tropfen

144

landete auf meinem Shirt.

Manu war so schockiert, dass er ihn fast losgelassen hätte. „Jo, das war …“, zischte er.

„Psst“, zischte ich zurück.

Der Typ sagte nichts mehr, wimmerte nur noch.

Ich hob seinen Kopf hoch und sah ihm in die Augen. Mein Adrenalinspiegel stieg von Sekunde zu Sekunde. „Jetzt hörst du mir sehr gut zu, du alte Drecksau.“

Er reagierte nicht.

„Ich sagte, du sollst mir zuhören!“

Ein Wimmern zeigte mir, dass er noch bei Bewusstsein war.

Meine Stimme wurde noch etwas leiser, ich fühlte mich wie in einem Mafiafilm.

Nicky Santoro, der mit seinem Kumpel Ace Rothstein die Ehre der Familie wieder herstellte.

Ich versuchte ein Gesicht zu machen, wie Nicky es gemacht hätte. „Du beschissenes Insekt wirst in deinem ganzen Leben kein Mädchen mehr anfassen, ist das klar?“ Keine Reaktion.

„Lass gut sein, Jo, der Typ ist doch schon hinüber.“ Manu sah mich an, ein Flehen lag in seinem Blick.

Was würde Nicky jetzt machen? Noch ein bisschen einschüchtern, vermutlich.

„Ich lass ganz sicher nicht gut sein, der Typ ist tot“, sagte ich deshalb so beiläufig wie möglich. Ich hob wieder seinen Kopf und sah ihm in die Augen. Er zitterte vor Angst, Speichel und Blut liefen ihm das Kinn runter. Ich empfand keinerlei Genugtuung, obwohl ich das irgendwie erwartet hätte. Der süße, leicht modrige Geruch von

Blut stieg mir in die Nase. Mir wurde schlecht.

Was machte ich hier eigentlich? War ich das überhaupt noch? Jonas Christensen, der Waldorfschüler, dem Gewaltfreiheit mit der Muttermilch eingetrichtert worden war? Ich nickte Manu zu, er ließ ihn los, das Schwein viel zu Boden.

Eine Polizeisirene kam näher. Scheiße, hatte irgendjemand uns beobachtet? Mit ohrenbetäubendem Lärm raste die Sirene samt dazugehörigem Auto am Park vorbei und wurde wieder leiser. Ich ging in die Hocke und beugte mich über den Kerl.

„Hör mir gut zu, Ratte", zischte ich. „Ich weiß, wie du heißt. Ich weiß, wo du wohnst. Ich beobachte dich. Wagst du dich auch nur einmal in die Nähe eines Mädchens, bist du tot. Ist das klar?"

Er reagierte nicht.

„Ob das klar ist?"

Ein Wimmern, das ich als Zustimmung interpretierte. Ich richtete mich auf und gab Manu ein Zeichen, dann gingen wir zurück zum Auto.

Nicky und Ace stiegen in ihren gepanzerten Cadillac Eldorado und fuhren aus der Stadt.

„Freust du dich auf den Gig, Jojo?" Mona sah mich an. Ich war gegen drei bei ihr aufgetaucht und sie hatte mir geöffnet, als ob nichts wäre. Offensichtlich hat sie entschieden, mir zu glauben. Zum Glück.

„Klar, das wird sicher total cool, wir zwei zum ersten Mal zusammen auf der Bühne."

„Kommt Cara auch?" Sie lächelte mich an.

„Vielleicht."

„Mal im Ernst. Was ist los? Ich meine, am Anfang unserer Beziehung war ich doch bei dir zu Hause und ich hatte den Eindruck, das sei völlig okay. Aber im Moment treffen wir uns nur noch hier. Ich wüsste gerne, warum das so ist?"

Ich überlegte. „Meiner Schwester geht es nicht so gut."

„Cara?"

„Nein, Sina. Meiner kleinen Schwester, deshalb ist Cara auch gekommen." Das war keine Lüge, nur die Zeiten stimmten nicht so ganz.

Ich hatte Sina heute Morgen kommentarlos ihr Handy zurückgegeben. Sie hat mich fragend angesehen, aber ich habe nichts weiter gesagt.

„Und was hat deine kleine Schwester?"

„Darüber möchte ich nicht reden, okay?"

Mona stutzte, dann sah sie mir in die Augen. „Ich finde das alles recht merkwürdig, Jojo."

Ich zog sie an mich und küsste sie. „Irgendwann erzähl ich es dir, jetzt brauche ich einfach dein Vertrauen, okay?"

„Also gut." Sie seufzte.

Etwas war zwischen uns geraten, und das war alles andere als gut. Ich musste an Sasa denken, würde jedenfalls die endlich Ruhe geben? Daran bestanden ja wohl erhebliche Zweifel.

Mona lächelte mich an, sie wirkte traurig, dann schmiegte sie sich an mich und küsste mich. „Lange keinen Sex gehabt", flüsterte sie mir ins Ohr, während ihre Hand unter mein Shirt glitt.

Ich musste an die Stelle an meinem Ellenbogen denken. Wenn ich mich auszog, würde Mona sie bemerken.

Also schob ich sie sanft von mir. „Hey, hey, nicht so stürmisch, junge Frau."

Sie grinste. „Warum nicht? Ich dachte, das gefällt dir gerade an mir?"

Ich küsste ihre Nasenspitze. „Tut es auch, aber im Moment, nun ja ..."

Jetzt war sie wirklich irritiert, stand auf und ging ans Fenster. „Also gut. Sex willst du also auch nicht mehr. Völlig normal, muss ja auch nicht sein. Wir kennen uns ja schließlich schon eine Ewigkeit." Sie sah mich an. „Wie lange noch gleich? Vier Wochen, oder? Da ist die erste Faszination natürlich dahin, schon klar." Ihre Stimme schwankte zwischen Wut und Traurigkeit.

Ich ging zu ihr, nahm sie in den Arm und zog sie zurück auf das Sofa. „Ich muss dir was sagen, Mona."

Sie sah mich an. „Denke ich mir, Jonas. Wie heißt sie? Ist es Cara?" Eine Träne rollte über ihre Wange, ich küsste sie weg.

„Cara ist meine Schwester, ehrlich. Und es gibt keine andere Frau außer dir. Ich liebe dich, das musst du mir einfach glauben."

„Und warum willst du dann nicht mit mir schlafen?"

„Ich will ja mit dir schlafen. Sehr sogar, nur ..."

„Nur?" Sie sah mich an.

Ich nahm ihre Hand, dann erzählte ich ihr alles. Alles über mich und die Neurodermitis. Dass ich deshalb zwei Schuljahre wiederholen musste. Dass mich mit fünfzehn kein Mädchen auch nur mit dem Arsch angeguckt hat

148

und dass der Mist jetzt gerade am Ellenbogen wieder anfing.

Sie sah mich an. „Zeig mal."

„Nee."

„Nun zeig schon."

„Nee."

Sie schob den Ärmel von meinem Shirt hoch und sah sich die Stelle am Ellenbogen an. Dann küsste sie mich genau dort. „Das ist doch nichts Wildes, Jojo. Kein Grund, dich vor mir zu verstecken."

„Das kann aber schlimmer werden."

Sie schaute sich die Stelle noch mal an, dann pustete sie einmal kurz drauf. „Das wird nicht schlimmer, ich habe es gerade weggepustet. Für immer." Sie lächelte.

„Für immer?" Ich lächelte zurück.

„Davon kannst du ausgehen, Honey", sie zog mir das Shirt über den Kopf und küsste meine Brust. „Du musst nämlich wissen, dass ich eine Magierin bin, ich besitze übersinnliche Kräfte."

Ich nahm sie in die Arme. „Wem sagst du das, meine Süße, wem sagst du das."

Abends aß ich zusammen mit Sina und Cara, Mona war bei der Bandprobe. Cara hatte gekocht, das konnte sie erheblich besser als ich.

„Am vierten September habe ich einen kleinen Auftritt, wäre toll, wenn ihr kommen würdet."

„Schon wieder? Wow, wo denn?" Cara sah mich an.

„Im *Pavillon*, eigentlich ist das gar kein Auftritt meiner

Band. *Riott* spielt, aber wir performen einen Song zusammen. Den ich mit Mona geschrieben habe", fügte ich leicht verlegen hinzu.

„Mona?" Cara hob ihre Augenbraue.

„Die Frontfrau von *Riott*, wir sind ... zusammen." Ich wurde rot, ich spürte es ganz genau.

„Toll, Jonas, das freut mich für dich." Cara schien sich wirklich zu freuen.

Sina wirkte immerhin interessiert, nicht mehr so apathisch, wie noch vor ein paar Tagen.

„Und diese durchgeknallte Tante, die hier immer auftaucht, wer ist das?"

Ich sah Cara an. „Susanne. Sie ist in unserem Fanclub und scheint sich irgendwie an mir festgebissen zu haben, keine Ahnung warum."

„Aber da muss doch was gewesen sein, habt ihr mal was laufen gehabt?"

„Nein."

„Das ist merkwürdig."

„Vor allem ist es nervig. Ich meine, dass wäre echt Kacke, wenn Mona davon erfahren würde."

„Kann ich mir denken."

Sina sah mich an, ihre Augen schienen größer geworden zu sein. „Was hast du eigentlich gestern Nacht gemacht, Jo?", fragte sie mit zittriger Stimme.
Ich zuckte mit den Schultern.

„Gestern Nacht? Wieso, was war denn da?" Cara sah von Sina zu mir.

„Nichts", sagte ich.

„Sag schon, Jo."

„Nichts, Sina!" Ihre Unterlippe zitterte.

Würde es ihr vielleicht helfen, wenn sie wüsste, dass ich das Arschloch verprügelt habe?

Ich sah meine kleine Schwester an. Sie war total dünn geworden, das fiel mir jetzt erst auf. Dünn und blass. Dabei war sie immer stark und robust gewesen. Nie krank, immer gut gelaunt. Es kam mir vor, als hätte jemand ihr die komplette Energie aus dem Körper gesogen.

Ich nahm ihre Hand und sah ihr in die Augen. „Der Typ fasst nie wieder ein Mädchen an. Mehr musst du nicht wissen, okay?" Ich klang wie Al Capone in seinen besten Tagen.

Sinas Augen wurden schreckensweit. „Du hast ihn doch nicht ...?"

„Was geht hier eigentlich vor, kann mich vielleicht mal jemand aufklären?" Caras Stimme hatte erheblich an Lautstärke zugenommen.

„Jo hat das Schwein umgebracht." Sina begann zu lachen, es klang ziemlich hysterisch.

Cara sah mich an, der Schreck stand ihr ebenfalls ins Gesicht geschrieben.

Ich grinste. „Quatsch, hab ich natürlich nicht, was denkt ihr euch denn? Ich hab ihn nur - nun - etwas eingeschüchtert, wie das unter Gangsterbossen halt so üblich ist."

Sina lachte wieder hysterisch auf.

Cara sah mich an. Ihr Gesicht war ein einziges Fragezeichen. „Du kennst den Typen, der Sina ...?"

„Sina hatte seine Handynummer. Und ich habe breite

Schultern, mehr müsst ihr nicht wissen, okay?"

Cara schüttelte den Kopf, Sina grinste.

Mein Handy klingelte, ich sah aufs Display. Es war Manu.

„Hey, Kumpel, alles klar bei dir?", meldete ich mich, während ich in den Flur ging.

„Bei mir schon, Jo."

„Was ist los?" Er schwieg. „Nun sag schon."

„Es gibt neue Einträge auf Facebook."

„Fuck!"

„Kann man wohl sagen."

„Was ist es dieses Mal? Ach, lass nur. Ich schaue es mir gleich an."

„Nimm es nicht so ernst, Jo."

„So schlimm?"

Manu schwieg einen Moment. „Jo, wegen gestern Nacht ... das bleibt doch unter uns?"

„Ja, klar, bleibt das unter uns." Ich war nicht mehr bei der Sache.

Nachdem wir aufgelegt hatten, fuhr ich meinen Rechner hoch. Dodo, Mandy und Pamela, wer auch sonst. Die posts waren von heute.

Letzte Nacht auf Jonas C. reingefallen. Ihr habt recht, der Typ bringt's nicht.
Dodo

Scheiße noch mal. Letzte Nacht! Mona! Sie wird es lesen! Verdammt! Ich scrollte weiter.

Der fickt alles, was nicht bei drei auf dem Baum ist und denkt dabei nur an sich, dieser Arsch.
Pamela

Manche Mädels nimmt der sich einfach, ob die wollen oder nicht, hab ich jedenfalls gehört.
Mandy

Ich hab verschissen! Mona wird nie wieder auch nur einen Satz mit mir wechseln.

Ich rief Manu an. „Was für eine Scheiße ist das jetzt wieder, Manu? Wer schreibt so was über mich?"

„Ich weiß nicht, Jo, vielleicht ...?"

„Vielleicht?"

„Keine Ahnung, vielleicht Sasa, obwohl ich ihr das eigentlich nicht zutrauen würde."

„Der traue ich mittlerweile alles zu! Warum habe ich Idiot die Freundschaften nicht einfach beendet nach dem ersten Shitstorm?"

„Beende sie jetzt, aber mach auf jeden Fall einen Screenshot, bevor Du sie ins Nirwana beförderst. Wer weiß, ob du es noch mal brauchst."

Nachdem ich aufgelegt hatte, löschte ich die Freundschaften. Ohne Screenshot, wozu sollte das gut sein?

Tschau, Dodo, Pamela und Mandy, auf Nimmerwiedersehen! Wie durch ein Wunder waren ihre posts verschwunden.

Ich sah auf die Uhr, Monas Bandprobe war vermutlich schon vorbei. Wie groß war die Wahrscheinlichkeit, dass

153

sie es gelesen hatte? Wegen ihres Gigs ist sie sicher ziemlich häufig auf Facebook. Selbst wenn sie es nicht gelesen hat, das eigentliche Problem war nicht gelöst - und das Problem hieß Sasa. Wer sonst sollte hinter den posts stecken? Mein Handy gab ein Signal.

Eine sms von Mona.

Warum bin ich eigentlich gerade der Meinung, dass ein Messer in der Brust dir gut stehen würde?

Sie hat es gelesen! Ich dachte nach, dann ging ich in die Küche zu Cara und Sina.

„Cara, letzte Nacht ...“

„Ja?“ Sie sah mich fragend an.

„Ich brauche ein Alibi“, grinste ich verlegen.

Sie sah mich schockiert an. „Jo, was für ein Alibi? Du hast doch dem Typen nicht etwa wirklichen Schaden zugefügt, oder? Hast du doch nicht?“

„Ich habe Mona gesagt, dass ich keine Zeit hatte, weil ich einen Abend mit dir verbringen wollte. Wäre gut, wenn du das bestätigen könntest. Ich meine, falls sie mal fragt.“

Cara runzelte die Stirn. „Und warum sagst du ihr nicht einfach die Wahrheit?“

Ich blickte zu Sina.

„Ich bin okay, Jo. Du kannst es ihr sagen.“ Sina sah mir in die Augen und versuchte ein Lächeln.

„Ich möchte das lieber nicht, schon wegen Manu.“

„Was hat Manu denn jetzt wieder damit zu tun?“ Cara

klang schrill.

Ich mutete meinen Schwestern gerade einiges zu.

„Er hat mir geholfen. Bitte, Cara, kannst du meine An-
gaben einfach bestätigen. Wir haben hier gesessen und
bis in die Nacht gequatscht."

„Ich hasse es zu lügen, Jonas."

„Bitte."

„Also gut."

Ich sah Sina und Cara an, dann stand ich auf und machte
mich auf den Weg zu Mona.

3. September, 15:00 Uhr
Farbe des Himmels: grau

Ich muss an meine Band denken. Jetzt ja wohl Ex-Band.
Sie werden sich einfach einen anderen Gitarristen suchen
und gut ist.

Etwas klappert vor meiner Tür, ein Schlüssel wird ins
Schloss gesteckt. Ich setze mich auf und halte die Luft an.
Was kommt jetzt?

Ein Wärter, der mit ausdruckslosem Gesicht an mir vorbei schaut, fordert mich auf, ihm zu folgen.

Ich werde in eine Art Vernehmungszimmer gebracht.
Man sagt mir, ich solle warten. An der Tür sitzt ein anderer Wärter, der mich auch nicht ansieht. Er hat vermutlich den Auftrag, meine Flucht zu verhindern.

Sehr witzig!

Mit klopfendem Herzen sitze ich da und warte, was nun
geschehen wird.

Sechstes Kapitel
Die ganz große Scheiße

Ich klingelte, der Summer wurde nicht betätigt. In ihrer Küche war aber Licht. Ich klingelte wieder, keine Reaktion. Dann rief ich sie an, Mailbox, ich sprach nicht drauf. Stattdessen klingelte ich Sturm.

Irgendwann ging das Licht im Treppenhaus an, jemanden kam den Flur runtergelaufen, ich erkannte Max durch die geriffelte Scheibe. Er machte die Tür auf, verstellte mir aber den Weg.

„Max, ich muss mit Mona sprechen."

Er verschränkte die Arme über der Brust und sah mich wütend an. „Mona will aber nicht mit dir sprechen, Jonas. Und wenn ich es recht bedenke, dann kann ich das sogar ziemlich gut verstehen."

„Es ist nicht so, wie ihr denkt, Max."

Er lachte bitter. „Wie denken wir denn, Jonas?"

„Bitte, lass mich durch. Ich kann ihr alles erklären."

„Vergiss es, Jonas. Ich habe den Auftrag, dir zu sagen, dass du dich verpissen sollst. Nein warte ...", er tat so, als würde er nachdenken, „du sollst zur Hölle fahren, das genau hat sie gesagt."

„Max, bitte, ich muss unbedingt mit ihr sprechen."

Er sah mich lange an. „Wenn du Mona verarscht, dann hast du zwei echte Feinde, Jo. Und zwar lebenslänglich, ist dir das klar?"

Ich sah ihm in die Augen. „Ich würde Mona niemals verarschen, Max."

Er sah aus, als würde er mir glauben. „Sorry, Jo, ich kann

dich nicht reinlassen." Er legte mir eine Hand auf die Schulter. „Lass ihr einfach ein paar Tage Zeit."

„Ich kann unmöglich ein paar Tage warten. Max, bitte!"

„Tut mir leid, Jo." Dann machte er die Tür zu.

Ich fuhr nach Hause, legte eine CD ein, schmiss mich aufs Bett und dachte nach. Ich musste unbedingt mein Leben wieder auf die Reihe kriegen, soviel war klar. Nur wie?

Am nächsten Abend hatten wir Bandprobe, Mokka grinste zwar leicht süffisant, sagte aber nichts. Er hatte es also gelesen.

„Sollen wir unsere Parts für A Song about Love noch mal üben?", fragte Manu und sah mich an.

„Keine Ahnung, ob wir überhaupt spielen werden", erwiderte ich.

„Fuck."

„Kann man wohl sagen."

Chris und Mokka sahen sich an, sagten aber nichts. Ich vermute, niemandem blieb meine Niedergeschlagenheit verborgen. Mokka baute einen Joint und reichte ihn mir, ohne ihn vorher angezündet zu haben. Ich schüttelte den Kopf. Wir saßen einfach schweigend da, bis es irgendwann an der Tür klopfte. Drei Mal, unser Fanclub, na super.

Manu blickte kurz zu mir rüber, ich zuckte die Achseln, dann öffnete er die Tür.

Vivian und Sabrina. „Hallo, wir wollten mal wieder vorbei schauen, was geht denn so?" Sie setzten sich aufs Sofa.

„Wo habt ihr denn Sasa gelassen?", fragte Mokka.

„Die hat keine Zeit, hat einen neuen Lover." Sabrina kicherte.

„Sagt sie jedenfalls", ergänzte Vivien.

Hoffnung keimte in mir auf. Vielleicht war jedenfalls der Spuk vorbei.

„Was denn für einen Lover?" Ich sah die zwei Mädels an.

„Tja, wenn wir das wüssten. Sie tut furchtbar geheimnisvoll mit ihrem Mister Right."

„Mister Right?"

„So nennt sie ihn."

Mokka grinste.

Chris schaute leicht verlegen. „Lasst uns mal was spielen", brummte er. Wir spielten ein paar Songs, die wir schon konnten. Für etwas Neues fehlte mir der Elan. Ich drosch mehr auf meine Gitarre ein, als dass ich sie spielte. Komischerweise tat mir das gut. Noch lieber hätte ich jemanden verprügelt. Sabrina und Vivien schauten irritiert, die Jungs eher belustigst.

Später saßen wir noch zusammen im *Collage*, die Mädels hatten wir allerdings höflich aber entschieden vor dem Übungsraum verabschiedet.

Mokka sah mich an. „Wenn wir irgendwas tun können, Jo ..."

„Wenn du einen guten Killer kennst."

Er grinste. „Du meinst einen, der Phantomfrauen mit blühender Phantasie killt?"

„Genau so einen."

Mehr musste nicht gesagt werden.

Zu Hause checkte ich noch meine Mails, keine Nachricht von Mona. Ich schrieb ihr.

Mona, bitte lass uns reden. Es ist wirklich alles nur ein Missverständnis. Ich liebe dich doch, Jo.

Sie antwortete umgehend.

Schönes Leben noch, Jonas!

Ich legte mich aufs Bett und hörte ein bisschen Musik. Dann nahm ich noch mal mein Handy - keine weiteren Nachrichten von Mona.

Die nächsten Tage hörte ich nichts von ihr. Ich sprach ständig auf ihre Mailbox, simste andauernd, keine Reaktion. Absolute Funkstille. Ich fühlte mich wie tot. Ohne Mona war ich - irgendwie nur halb. So, als hätte jemand einen Teil von mir einfach weggeschnitten. Ich heulte auch ziemlich viel, meist im Bad. Sina und Cara taten so, als würden sie es nicht merken, aber sie merkten es ganz sicher. Schließlich lief ich mit dauergeröteten Augen durch die Gegend.

Nach drei Tagen kam eine sms - von Sasa. Na super! Ich machte sie auf und las.

Hi Jonas, können wir uns treffen? Ich muss dir was Wichtiges sagen. Danach lasse ich dich in Ruhe, das verspreche ich. Gruß Sasa – nicht Susanne ☺

Ich überlegte. Wenn sie wirklich einen neuen Typen hatte, dann wollte sie vielleicht nur noch den Stress der letzten Wochen mit mir klären, und danach war ich sie los.

Das wäre ein Anfang. Und was hatte ich schon zu verlieren? Ich musste es einfach riskieren. Also rief ich sie an.

Sie meldete sich sofort. „Hallo Jonas."

Sie nannte mich nicht Johnny, das deutete ich als gutes Zeichen.

„Hey Sasa", ich verzichtete darauf, sie Susanne zu nennen, sozusagen als Friedensangebot. „Was gibt es?", fragte ich in lockerem Ton.

„Ich würde dich gerne sprechen, geht das?" Sie klang total normal, kein Stück das hysterische Huhn der letzten Wochen.

„Okay."

„Wenn es dir passt, dann könnten wir uns gleich treffen."

Ich sah auf die Uhr, es war vier. Warum nicht, ich hatte nichts anderes vor. „Gut, wo?"

„Willst du vielleicht zu mir kommen, meine Eltern sind nicht da."

Ganz sicher nicht! „Nein, aber wir könnten spazieren gehen. Am Fluss?"

„Auch gut, dann bin ich in einer halben Stunde an der Adenauerbrücke, okay?"

„Alles klar, bis dahin."

„Bis dahin." Ich überlegte. Auf eine weitere Szene hatte

ich absolut keine Lust, auf der anderen Seite war das vielleicht die Chance, Sasa endgültig aus meinem Leben zu bekommen.

Sie stand an einen Brückenpfeiler gelehnt. Jeans, Shirt, ungeschminkt. Sie wirkte fast ein wenig farblos.

„Hallo Jonas. Gehen wir ein Stück?"

„Okay."

Wir gingen schweigend die Treppe zum Fluss runter, ich musterte sie verstohlen. Sie wirkte ganz anders, total cool.

Als wir auf dem Uferweg waren, begann sie zu reden, sie sah mich nicht an. „Was ich die letzten Wochen veranstaltet habe, tut mir leid. Ich wollte das gar nicht. Es ist einfach so passiert. Ich war ... irgendwie komplett vernagelt."

Ich schwieg. Das wurde jetzt also eine Entschuldigung, ich hatte nicht vor, es ihr leicht zu machen.

Sie blieb stehen und sah mich an. „Kannst du meine Entschuldigung annehmen, Jonas?"

„Erst habe ich noch eine Frage, Sasa?"

„Frag."

„Diese ganze Facebook-Scheiße, die war doch von dir, oder?"

Sie schaute überrascht. „Was denn für eine Facebook-Scheiße?"

Ich konnte nicht einschätzen, ob sie nur gut schauspielerte, oder ob sie wirklich nicht wusste, wovon ich sprach.

„Okay, vergessen wir das."

„Also, kannst du mir verzeihen?" Sie sah mir in die Augen.

„Du warst eine ganz schöne Nervensäge, Sasa."

Sie lachte. „Ich weiß, keine Ahnung, was in mich gefahren ist, wirklich."

Wir liefen noch ein Stück.

Nach einer Weile sah ich sie an. „Also gut, ich verzeih dir. Aber bitte lass mich in Zukunft in Ruhe, okay? Mich und meine Familie."

Sie sagte nichts, wir gingen weiter schweigend nebeneinander her. Die Situation wurde irgendwie komisch.

Ich blieb stehen. „Dann geh ich jetzt mal, okay?"

Sie schaute mir wieder in die Augen. „Eine Bitte habe ich noch, Johnny."

Johnny! Ich schluckte meinen Ärger runter.

„Eine allerletzte Bitte, wenn du die erfüllst, dann siehst du mich nie wieder, versprochen."

Ich war eigentlich nicht der Meinung, dass sie das Recht hatte, irgendwelche Bitten zu äußern. „Was denn für eine Bitte?"

Sie nahm meine Hand. „Schlaf noch einmal mit mir, zum Abschied."

„Du spinnst ja wohl!" Ich zog meine Hand weg.

„Danach bin ich weg für immer, darauf gebe ich dir mein Wort."

„Sasa, vergiss es einfach, okay?"

„Aber du willst doch, dass ich dich in Ruhe lasse. Das ist der Deal!"

Deal? Hat die den totalen Knall, oder was?

Ich sah ihr kalt in die Augen. „Susanne, ich will, dass du mich in Ruhe lässt! Und zwar ohne jeden *Deal*, und sei er auch noch so absurd, ist das klar?"

Sie blieb ganz cool. „Du kannst ja drüber nachdenken",

163

sagte sie, sah mich noch einmal an, drehte sich um und ging.

Zwei Tage später, ich hatte noch immer keinen Kontakt zu Mona, klingelte es an der Haustür. Es war noch ziemlich früh am Morgen, Cara und Sina schliefen, ich lag auch noch im Bett.

Kurz überlegte ich, es einfach klingeln zu lassen, dann stieg ich aber doch in meine Boxershorts, zog ein Shirt über, ging zur Tür und machte auf.

„Hallo Jonas, schön dich so munter zu sehen", meinte meine Oma und lächelte etwas schief.

Was wollten meine Großeltern denn um diese Zeit schon hier?

„Wir sollten wohl mal reden", meinte Opa, schob mich beiseite und ging ins Haus. Was hatte das zu bedeuten?

„Ist Sina auch da? Ich dachte, die ist mit einer Freundin unterwegs?" Oma deutete auf Sinas Jacke, die im Flur hing.

„Sina ist zurück. Cara ist auch hier."

Oma runzelte die Stirn. „Das versteh ich nicht, wieso ist Cara hier? Und warum ist Sina nicht mehr in den Ferien, die wollte doch viel länger weg sein?"

Ich überlegte kurz. „Sie hatte keine Lust mehr, hat sich glaube ich mit ihrer Freundin gestritten." Das klang in meinen Ohren einigermaßen glaubwürdig. Nur, was sollte ich mir für Cara ausdenken?

„Und Cara?" Oma sah mich an.

„Cara wollte einfach ein paar Tage mit uns verbringen."

Das Stirnrunzeln nahm zu. „Sehr merkwürdig, das muss

ich schon sagen."

„Was soll daran merkwürdig sein, wir sind eine Familie?" Ich grinste. Sie ließ es dabei bewenden, ging in die Küche und setzte sich an den Tisch, Opa tat das gleiche.

„Wollt ihr einen Kaffee?" Ich stellte die Kaffeemaschine an, während ich fieberhaft überlegte, was es mit ihrem Besuch zu so früher Stunde auf sich haben könnte. Hatte ich vielleicht in dem Ferienhäuschen irgendwas kaputt gemacht, ohne es zu merken?

Ich entschied mich für den direkten Weg, drehte mich zu ihnen um und sah meinem Opa in die Augen. „Was ist passiert, dass ihr so früh hier auftaucht?"
Er wirkte verlegen, räusperte sich, sagte aber nichts, sah stattdessen hilfesuchend zu Oma. Die öffnete ihre Handtasche, holte die Tageszeitung raus, blätterte etwas darin herum, dann hatte sie offensichtlich gefunden, wonach sie suchte.

Oma legte ohne ein Wort die aufgeschlagene Seite auf den Küchentisch.
Soll ich jetzt Zeitung lesen oder was?
Ich sah in die Zeitung - und blickte auf meine eigene Todesanzeige.

Viel zu früh müssen wir Abschied nehmen von
Jonas Christensen
Wir werden dich nie vergessen
Deine Freunde

Mir wurden die Knie weich, ich setzte mich an den Tisch.

„Das gibt es doch gar nicht." Ich sah meine Großeltern an.

„Dachten wir auch, als wir das heute Morgen lasen", entgegnete Oma trocken. „Hast du eine Idee, wer die aufgegeben haben könnte?"

„Keine Ahnung." Automatisch schüttelte ich den Kopf, obwohl mir natürlich sofort Sasa einfiel. Oder vielleicht Mona? War das ihre Art, mich endgültig abzuschießen?

„Da gehört einiges an krimineller Energie dazu", meinte Opa, „es kann nicht einfach jeder Todesanzeigen schalten, wie es ihm gerade passt."

Irgendwas rutschte immer mehr ab in meinem Leben, nichts war mehr an der Stelle, an die es gehörte. Ich fing an zu heulen.

Oma schaute erstaunt. „Aber Junge, nimm dir das doch nicht so zu Herzen, da hat sich nur jemand einen dummen Scherz erlaubt", sagte sie, klang dabei aber nicht sehr überzeugend.

Ich heulte weiter, ich konnte einfach nicht mehr. Mona zu verlieren und stattdessen Sasa am Hals zu haben, diese verfluchte Scheiße mit Sina, die Neurodermitis, die meinen Körper wiederentdeckt hatte, das war einfach zu viel. Ich wollte doch bloß ein ganz normales Leben. Mit einer Freundin, einer Band, netten Schwestern und einem bisschen Spaß. War das vielleicht zu viel verlangt? Offensichtlich!

Irgendwo klapperte eine Tür, kurz darauf kam Cara in die Küche. „Hallo, was macht ihr denn hier?" Sie sah mich an und stutzte. „Was ist los?"

Oma deutete auf die Zeitung,

Cara kam näher. „Was ist das denn? Das gibt es doch gar nicht?"

„Doch, das gibt es." Ich sah sie an. „Ich bin tot."

Sie setzte sich zu mir und legte einen Arm um meine Schulter. „Das bist du ganz sicher nicht, Jonas."

Ich heulte einfach weiter, war ja jetzt auch egal.

„Jonas, überleg doch mal, wer könnte dir so einen Streich spielen?", fragte Opa.

Da brauchte ich nicht lange zu überlegen. Mona oder Sasa. Ich sagte nichts, zuckte nur mit den Achseln. Wenn das Mona gewesen war, dann hatte ich endgültig keine Chance mehr bei ihr. So etwas macht man nicht, wenn man noch das leiseste Fünkchen Hoffnung für die eigene Beziehung hat.

„Das muss doch rauszukriegen sein", meinte Cara. „Ich ruf nachher mal bei der Zeitung an."

Wollte ich das? Wollte ich es wirklich wissen? Definitiv nicht. „Lass gut sein, Cara. Verbuchen wir es als das, was es ist, ein schlechter Scherz."

„Das ist mehr als ein schlechter Scherz, Jo."

Ich sah sie an. „Ich will es nicht wissen, okay?"

Sie sah mir in die Augen, sagte aber nichts mehr. Kurze Zeit später hörten wir Sina ins Bad gehen.

Ich nahm die Zeitung und legte sie zusammen. „Sina müssen wir damit nicht belasten, okay?"

Alle nickten etwas beklommen.

Dann kam Sina in die Küche und wir frühstückten zusammen, dabei versuchten wir uns in Smalltalk, es war alles komplett surreal.

In mir kreiste es und kreiste es. Ich musste unbedingt

mit Mona sprechen. Ich würde mich, wenn nötig, wie ein Demonstrant vor ihrem Haus in ein Zelt setzen und dort auf sie warten. Selbst wenn ich Tage würde ausharren müssen.

Nachdem Oma und Opa wieder gegangen waren, nicht, ohne noch ein paar Mal zu beteuern, dass es ja nur ein dummer Scherz sei, schrieb ich Mona eine sms. Ich hatte sie die letzten Tage nicht mehr kontaktet. Ich wollte ihr die Zeit geben, die sie offensichtlich brauchte. Aber jetzt musste ich sie sehen.

Mona,

ich drehe fast durch ohne dich. Ist die Anzeige in der Zeitung von dir? Willst du mir damit sagen, dass ich für dich gestorben bin? Bitte sag, dass das nicht wahr ist. Melde dich! Ich brauche dich doch! Jo

Nachdem ich die sms abgeschickt hatte, ging es mir komischerweise besser, ich rief Manu an.

„Hey Jo", meldete er sich.

„Ich bin tot", antwortete ich.

„Wie meinst du das denn jetzt?"

„Kauf dir ´ne Zeitung von heute, dann weißt du´s."

„Alter, was ist los?"

„Da findest du nämlich meine Todesanzeige."

„Machst du Witze, Mann? Komm mal wieder runter!"

„Das ist kein Witz, Manu."

Er schwieg, ziemlich lange. „Das ist nicht wahr, oder?"

„Doch."

„Wer hat das gemacht?"

„Vielleicht Sasa?"

„Dreht die jetzt völlig durch?"

„Scheint so. Vorgestern hat sie mir einen Deal vorge-schlagen."

„Was denn für einen Deal?"

„Sie lässt mich zukünftig in Ruhe - wenn ich noch ein-mal mit ihr schlafe."

Er schwieg wieder, ich hörte ihn atmen. „Und, gehst du darauf ein?"

„Spinnst du? Ich bin doch nicht gehirnamputiert."

„Und wenn sie dich dann wirklich in Ruhe lässt?"

„Und wenn nicht?"

„Das wirst du nur rausbekommen, wenn du dich drauf einlässt."

„Manu, das willst du mir doch nicht allen Ernstes raten, oder?"

„Nee, in dem Fall rate ich dir gar nichts. Ich sage nur, dass ich an deiner Stelle darüber nachdenken würde."

Eine Stunde nach dem Telefonat mit Manu klingelte mein Handy. Mona!

Ich traute mich kaum, den Anruf entgegen zu nehmen, mit zitternden Fingern drückte ich die Taste und brachte ein klägliches *Hallo* heraus.

„Hallo Jonas." Sie klang kühl. „Ich habe es gerade gese-hen. Du glaubst ja wohl nicht im Ernst, dass die Anzeige von mir ist, oder?"

Sie war nicht von ihr, ich atmete auf. „Mona, bitte, kön-nen wir uns sehen?"

„Was geht hier eigentlich vor, Jonas? Warum steht deine

169

Todesanzeige in der Zeitung?"

„Keine Ahnung."

„Halte mich bitte nicht für komplett blöd."

„Ehrlich Mona, ich weiß es doch auch nicht. Irgendwer will mir das Leben schwer machen."

„Und wer ist dieser *Irgendwer*?"

„Keine Ahnung."

„Sorry, Jonas, aber das Spiel spiele ich nicht mit. Wenn du noch Altlasten zu beseitigen hast, dann beseitige sie gefälligst, bevor du dich wieder bei mir meldest." Dann legte sie auf.

Ich setzte mich ins Auto und fuhr zu Manu. Er mähte den Rasen, stellte der Rasenmäher aber sofort aus, als er mich kommen sah.

„Hey Jo."

„Hey. Falls du noch irgendwo Arschkarten hast, gib sie mir ruhig, ich sammle die gerade."

Er lachte. „Willst du mir bei der Gartenarbeit helfen?"

„Eher nicht. Hast du die Anzeige gesehen?"

„Ja, hab ich. Das ist echt ein Ding."

„Mona war es nicht."

Manu sah mich erstaunt an. „Hast du das etwa gedacht?"

„Keine Ahnung, so langsam weiß ich nicht mehr, was ich überhaupt denken soll."

„Du hast also mit ihr gesprochen, was sagt sie?"

„Sie will mich nicht sehen."

„Fuck."

„Yep."

Wir schwiegen eine Weile.

170

„Was soll ich tun, Manu? Ich meine, ich will Mona nicht verlieren, bin aber scheinbar auf dem besten Weg dahin."

„Was genau hat sie denn gesagt?"

„Dass ich meine Altlasten beseitigen soll."

„Tja, verständlich ist das schon."

Ich holte tief Luft. „Kann mir vielleicht mal jemand sagen, wie man die Altlasten eines Phantoms beseitigt? Ich meine, ich weiß ja nicht mal, ob wirklich Sasa dahinter steckt."

„Wer denn sonst?"

„Keine Ahnung. Als ich sie auf diesen Facebook-Mist angesprochen habe, schien sie total ahnungslos."

„Jo, du hast doch keine Feinde, oder?"

„Natürlich nicht, ich bin Waldorf." Ich grinste, obwohl mir nach Heulen zumute war.

„Dann kommt ja wohl nur Sasa in Frage. Zeig sie an."

„Was soll das denn bringen?"

„Vielleicht gibt sie dann Ruhe."

„Vielleicht legt sie dann erst richtig los. Wer weiß, was für Gemeinheiten der noch einfallen."

Manu schwieg, dann sah er mir in die Augen. „Und ihr Vorschlag, der Deal?"

„Ich hasse sie!"

„Aber so kann es ja auch nicht weitergehen."

„Stimmt. Vielleicht sollte ich Sasa umbringen."

Manu lachte. „Hast du mit Mona über den Gig gesprochen. Ich meine, der wäre ja schon in zwei Tagen."

„Nee, wir haben nur ganz kurz geredet, den Auftritt können wir knicken."

„Schade eigentlich." Manu grinste schief.

171

„Ja, sehr schade."

Ich fuhr zurück nach Hause. Cara und Sina saßen in der Küche, tranken Tee und redeten. Sina wirkte aufgelöst. Sie hatte vormittags ihre dritte Therapiestunde gehabt. Das war aber auch schon alles, was ich wusste. Bei der ersten war es wohl im Wesentlichen um Formalitäten gegangen. Jedenfalls hatte ich das so verstanden. Von der zweiten wusste ich gar nichts, wie mir jetzt bewusst wurde.

Ich war nicht in der Stimmung, mich mit Sinas Problemen zu beschäftigen, ich wollte mein eigenes Leben wieder in den Griff bekommen. Trotzdem setzte ich mich und nahm ihre Hand. Schließlich war sie meine Schwester. „Na, meine Kleine, wie war denn dein Termin bei der Therapeutin?"

Sina sah mich an - und dann heulte sie los, als hätte jemand in ihrem Körper alle Schleusen auf einmal geöffnet. Sie schluchzte und schluchzte, ihr ganzer Körper schien zu vibrieren. Ich sah hilflos zu Cara, die Sina in den Arm nahm und festhielt, bis sie sich etwas wieder beruhigt hatte.

„Die Therapeutin hat ihr klar gemacht, dass sie darüber reden muss, auch mit unseren Eltern."

Sina löste sich aus Caras Umarmung, ihre Schluchzer wurden weniger. Irgendwie wirkte sie nicht mehr ganz so verzweifelt wie noch vor ein paar Tagen. Trotz des Heulkrampfes gerade. Aber vielleicht bildete ich mir das auch nur ein. Oder mein schlechtes Gewissen wollte es so, ich kümmerte mich einfach nicht genug um Sina.

„Damit komme ich nicht alleine klar, sagt die Therapeutin." Sie putzte sich lautstark die Nase.

„Da hat sie sicher recht." Ich war noch immer nicht richtig bei der Sache. In meinem Kopf dreht sich alles nur noch um mich selbst.

„Weißt du eigentlich, wie vielen Frauen und Mädchen das passiert, Jo?"

„Ähm, nee. Keine Ahnung."

„Mehr als achttausend im Jahr! Alleine in Deutschland. Unfassbar! Und das sind nur die Fälle, die angezeigt wurden."

„Das ist wirklich unfassbar", erwiderte ich. Vermutlich lag die Dunkelziffer viel, viel höher. Sina hatte ja schließlich auch keine Anzeige erstattet. Ich musste an die Ratte vom Löwentor denken. Hoffentlich macht der sich noch immer vor Angst in die Hosen und traut sich im Dunkeln nicht mehr auf die Straße.

Sina sah mich an. „Ich soll mir von einem Verbrecher nicht mein Leben kaputt machen lassen, sagt die Therapeutin."

„Mein Reden", meinte Cara. Sina wirkte wirklich stärker, fast ein bisschen wie früher. Nicht mehr so hilflos. Vielleicht half es ihr, zu wissen, dass sie nicht die Einzige war, der etwas so Schreckliches passiert ist.

Ich nahm ihre Hand. „Du wirst dir ganz sicher nicht dein Leben kaputt machen lassen, meine Kleine."

Sie schluchzte wieder. „Immer wenn ich daran denke … was dieser Arsch … getan hat, dann …"

„Was dann?", fragte ich so sanft wie möglich und streichelte ihre Hand.

Sie sah mir in die Augen. „Dann sehe ich ihn vor mir im Dreck liegen, winselnd. Und ich halte ihm eine geladene Knarre an den Kopf."

Ich musste grinsen. „Lass mal die Knarre weg, Sina. Der Rest passt dann schon."

Ihre Augen wurden größer.

„Moment mal!" Cara setzte sich kerzengerade hin. „Das ist hoffentlich nur ein schlechter Scherz, Jonas Christensen!"

Ich sah zu Cara rüber, grinste und zuckte mit den Schultern.

„Unsere Eltern haben uns nicht als Kinder auf Friedensmärsche geschleppt, damit du durch die Welt läufst und Rambo spielst, kleine Bruder!"

„Ich find´s cool", meinte Sina und grinste mich aus ihrem verheulten Gesicht an.

„Na ja, ganz so Rambomäßig war es nun auch wieder nicht", milderte ich ab. Dann sah ich wieder zu Sina. „Du gehst also weiter zu der Therapeutin?"

Sie nickte nachdenklich. „Ich glaub schon, die ist eigentlich ganz okay. Ich dachte immer, solche Psychotanten sind mindestens fünfzig, haben asymmetrische Haarschnitte, riesige rote Brillen auf der Nase und reden nur Quark."

Cara musste lachen, Sina grinste.

Es ging ihr besser, das war eindeutig. Ich war echt erleichtert. Ich drückte noch mal ihre Hand und stand auf.

In meinem Zimmer schmiss ich mich aufs Bett und über-
dachte meine Situation. Warum habe ich Idiot mich bloß
auf diese Scheißwette eingelassen? Kurz zog ich in Erwä-
gung, Mona einfach alles zu erzählen. Aber wie würde sie
reagieren, wenn sie erfuhr, dass ich mit einer anderen geschlafen habe, an dem Tag, an dem wir uns kennen gelernt haben? Sie würde mich zum Mond schießen und da
würde ich verschimmeln. Ich schnappte mir mein Handy
und wählte.

„Hallo Jonas.“ Sie klang total normal.

„Hallo Susanne. Vielen Dank für den netten Gruß.“

„Was denn für einen Gruß?“

Ich lachte bitter. „Ach, hör doch auf.“
Sie schwieg.

„Was kommt als nächstes? Eine filmreife Beerdigung?“

„Worüber sprichst du überhaupt?“

„Hör zu Susanne, ich will mit dir reden. Einfach nur reden, okay?“

„Ja klar, warum nicht?“

„Das muss endlich ein Ende haben, und zwar jetzt sofort.“

„Was denn?“

Ich seufzte. „Das weißt du genau. Also, können wir uns
sehen?“

„Ich bin zu Hause.“
Ich überlegte, eigentlich wäre mir ein Spaziergang am
Fluss lieber. Aber da könnte man uns sehen und das
konnte ich nicht auch noch brauchen.

„Ferdinandstraße, richtig?“

„Ja, Nummer dreizehn.“

„Ich bin in einer Stunde da."

„Super, ich freue mich auf dich."

Drei Stunden später fuhr ich zu Mona. Ich klingelte, jemand betätigte den Summer. Vermutlich rechnete niemand damit, dass ich einfach aufkreuzen würde. Ich nahm zwei Stufen auf einmal und stand dann keuchend vor der angelehnten Tür. Nachdem ich tief Atem geholt hatte, klopfte ich und ging rein.

Mona saß in der Küche, sie war allein. Verwundert sah sie mich an, eine leichte Röte zog über ihren Hals. „Ich dachte, Max hätte mal wieder seinen Schlüssel vergessen."

Ich setzte mich ihr gegenüber. „Können wir reden?"

Sie schwieg eine Weile. „Wenn du es schaffst, ehrlich zu mir zu sein."

Ich sah sie an. „Mona, es tut mir leid, dass es in der letzten Zeit irgendwie so ... schräg gelaufen ist. Bitte glaube mir, dass es nur dich für mich gibt. Ich liebe dich doch!"

„Und was ist mit Mandy, Dodo und Pamela?"

„Die gibt es nicht, ehrlich."

„Wieso sollte ich dir das glauben, Jojo?"

Sie nannte mich Jojo, das machte mir Mut.

Ich nahm ihre Hand. „Es gab da ein Mädchen, das in mich verknallt war. Sie hat das gepostet, glaube ich. Ich habe gerade mit ihr gesprochen und denke, der Spuk ist jetzt vorbei, sie wird mich in Ruhe lassen."

„Wer?"

„Ist doch egal."

Mona zog ihre Hand weg. „Du weißt ja, wo die Tür ist."

176

„Sie heißt Susanne, ein Mädchen aus unserem Fanclub."

„Und was soll das heißen, dass sie in dich verknallt war? Warst - oder besser - bist du auch in sie verknallt?"

„Nein, natürlich nicht. Susanne ist die lebende Pest."

„Hattest du was mit ihr?"

„Nein."

Mona sah mir ernst in die Augen. „Wenn du mich belügst, dann siehst du mich nie wieder, Jonas."

„Bitte Mona, vertrau mir."

„Hat diese Susanne die Todesanzeige aufgegeben?"

„Ich glaube, ja."

„Was heißt das, du glaubst, ja?"

„Sie hat es nicht zugegeben."

„Das ist alles höchst merkwürdig, Jonas." Sie saß stocksteif da.

„Ich weiß. Bitte, du musst mir vertrauen, Mona."

Die Wiederholung meiner Bitte würde es auch nicht besser machen. Etwas war zerbrochen, das spürte ich ganz genau.

Wir saßen eine Weile schweigend in der Küche, dann sah Mona mir in die Augen. „Wenn ich nicht so verliebt in dich wäre, würde ich dich zum Mars beamen, du dämlicher Hund."

„Da gehöre ich wohl auch hin." Ich grinste schief. „Wäre allerdings ziemlich einsam ohne dich da oben."

Sie sah mich lange an und dachte nach. Dann nahm sie meine Hand. „Wir machen jetzt einen Strich unter die ganze Sache und fangen noch mal von vorne an, okay?"

Der Stein, der von meinem Herzen rutschte, muss die Dimension eines Bergmassivs gehabt haben. Plötzlich konnte ich wieder normal atmen. Ich küsste vorsichtig ihre Hand. Mein Handy klingelte, ich sah kurz drauf. Es war Cara, die konnte warten. Ich stellte das Handy aus.

„Das war Cara, kann nichts Wichtiges sein."

„Deine Schwester Cara?" Mona schaute skeptisch.

„Ja, meine Schwester Cara. Sie und Sina kommen zum Konzert übermorgen, dann lernst du sie kennen." Ich sah sie unsicher an. „Natürlich nur, wenn wir den Song noch zusammen spielen wollen?"

Sie lächelte ihr schönstes Lächeln und ihr Blick wurde weicher. „Wollen wir!"

„Wow, das ist echt toll."

Dann - endlich - küsste sie mich.

„Mensch Jonas, warum bist du denn nicht ans Handy gegangen, ich hab die ganze Nacht versucht, dich zu erreichen." Cara lief mit schnellen Schritten die Treppe runter, während ich mein Rad abschloss.

Das Wetter hatte über Nacht umgeschlagen, es war kalt und regnerisch, aber das konnte meiner guten Stimmung nichts anhaben. Endlich war zwischen Mona und mir wieder alles im Reinen. Und morgen würden wir zusammen auf der Bühne stehen, zum ersten Mal. Und unseren Song spielen. Die Ballade des Jahres!

Sina kam hinter Cara her. Beide wirkten ziemlich aufgeregt.

Ich musste grinsen. „Was ist denn los, ihr Hühner, irgendwas angebrannt?" Ich sah meine Schwestern an.

Ihre Blicke ließen mich erschaudern, etwas war passiert. Nur was? Etwas mit unseren Eltern!

Cara nahm meinen Arm. „Du musst uns alles sagen, Jonas, wirklich alles.“

„Was meinst du denn, Cara?“

Sie sah mir in die Augen. „Was wollen die Bullen von dir?“

„Was? Wovon redest du überhaupt?“

Wir gingen in die Küche und Sina und Cara erzählten mir, dass es am letzten Abend irgendwann geklingelt hatte und zwei Polizisten nach mir fragten. Worum es ging, wollten sie nicht sagen.

„Du sollst dich sofort melden, wenn du wieder auftauchst.“ Sina sah mich mit schreckensweiten Augen an.

„Jo, du hast doch diesem Scheißtypen nur Angst gemacht, oder ...“

Ich dachte nach. Konnte der wirklich die Frechheit besitzen und mich anzeigen? Ziemlich unwahrscheinlich, denn dann wäre er ja auch dran.

„Du musst da sofort anrufen.“ Cara nahm wieder meinen Arm.

„Ja“, antwortete ich automatisch. Was hatte das jetzt wieder zu bedeuten? Hörte dieser Alptraum denn nie auf?

„Hast du diesem Typen was angetan, Jonas?“ Cara sah mich ernst an, ihre Augenbraue war hochgezogen.

„Natürlich nicht, Cara.“

„Was wollen dann die Bullen von dir?“

„Wenn ich das wüsste.“

Ich nahm die Visitenkarte, die meine Schwester mir in die Hand gedrückt hatte und wählte mit zitternden Fingern die Nummer des Polizeireviers.

„Ja, ähm, hier ist Jonas Christensen", stotterte ich, als jemand abnahm, „ich soll mich bei Ihnen melden."

Während ich weiterverbunden wurde, sah ich zu Cara und Sina, sie saßen leichenblass am Küchentisch und hielten sich bei den Händen. Ich zitterte am ganzen Körper, auf meiner Stirn bildete sich ein Schweißfilm. Dann endlich meldete sich jemand mit einem knappen *Müller*. Ich sagte meinen Spruch noch einmal auf, hörte, was *Müller* mir zu sagen hatte, dann legte ich auf.

Ich blieb einfach zitternd beim Telefon stehen.

„Was ist?", fragte Cara.

„Keine Ahnung, der Typ sagte, ich soll bleiben wo ich bin, sie sind gleich da."

Was hatte das zu bedeuten, verdammt?

„Was hat das denn zu bedeuten, Jo?", fragte Sina mit unsicherer Stimme.

„Ich weiß es wirklich nicht, Sina. Absolut keine Ahnung."

Ich sah von Cara zu Sina, die beiden schauten mich besorgt an. Sehr besorgt.

Dann klingelte es auch schon, ich hatte das Gefühl, es waren keine fünf Minuten vergangen. Ich konnte nicht zur Tür gehen, es ging einfach nicht. Cara machte auf und kam mit zwei Polizisten in Uniform zurück in die Küche.

Einer der beiden baute sich vor mir auf und machte ein wichtiges Gesicht. „Sind Sie Jonas Christensen?"

„Ja", erwiderte ich. Ich konnte kaum sprechen, mein Mund fühlte sich an wie mit Sand gefüllt.

Der Polizist sah mir in die Augen. „Wir müssen Sie bitten, mit uns aufs Präsidium zu kommen, Herr Christensen."

Ich habe keine Ahnung, wie genau das passiert ist, aber ich bin in einen Film geraten, einen Scheißmafiafilm von Martin Scorsese oder so. Gleich wird jemand *Klappe* schreien und der Alptraum ist vorbei. So musste es einfach sein!

„Was hat das zu bedeuten?", fragte Cara mit schriller Stimme. Der Polizist antwortete ihr nicht, sondern sah weiter zu mir.

„Was hat das zu bedeuten?", wiederholte ich die Frage meiner Schwester.

„Ihnen wird vorgeworfen, gestern Nachmittag eine junge Frau vergewaltigt zu haben."

„Das ist doch total absurd", Cara schrie jetzt fast, „das kann nur eine Verwechslung sein."

Ich dachte kurz nach, dann sah ich meine Schwester an. „Das ist keine Verwechslung, Cara."

Sie hob ihre Augenbraue. „Du sagst jetzt besser gar nichts mehr, Jo."

Ich hörte nicht auf sie. „Das ist genauso Tatsache, wie es Tatsache ist, das ich tot bin", ergänzte ich. Ich sagte das mehr zu mir als zu Cara. „Ruf Manu an. Sein Vater ist Anwalt." Mehr gab es nicht zu sagen.

Aus Caras Gesicht war alle Farbe gewichen. Die zwei Polizisten sahen sich vielsagend an, einer machte sich eine Notiz.

Dann legten sie mir Handschellen an und führten mich ab. So nennt man das ja wohl.

3. September, 16:00 Uhr
Farbe des Himmels: grau

Er setzte sich an den Tisch mir gegenüber. Der Kommissar, der sich mit Müller vorgestellt hatte.

Manus Dad nahm neben mir Platz. Ich war froh, dass er da war. Wir kannten uns schon ganz lange, er war fast wie ein Vater für mich.

Beim Reinkommen hatte er mir aufmunternd auf die Schulter geklopft.

Der Kommissar drückte auf ein kleines Aufnahmegerät, das in der Mitte des Tisches stand. Ich hatte noch immer das Gefühl, in einem Film mitzuspielen. Nicky Santoro war mal wieder in Schwierigkeiten geraten. Aber er hatte Kontakte, gute Freunde, die *Familie*. Sie würden ihn schon rausboxen. Ich entspannte mich etwas. Müller spulte die Formalien runter. Ort, Zeit, Namen. Das kannte Nicky ja alles zur Genüge.

Dann sah der Kommissar mich an. „Herr Christensen, Ihnen wird vorgeworfen, am Donnerstag, den 2. September gegen 17 Uhr Frau Susanne Friedrich in ihrem Elternhaus brutal vergewaltigt zu haben." Müller sah mir in die Augen. „Was haben Sie dazu zu sagen?"

Ich zuckte mit den Achseln. „Wundert mich nicht weiter." Jetzt war ja eh alles egal.

Manus Dad schaltete sich ein. „Kommissar Müller, mein Mandant ist verwirrt. Vielleicht lassen wir ihn einfach mal erzählen, was sich zugetragen hat."

Dieser Müller sah mich fragend an, er wirkte nicht unsympathisch, aber vielleicht war das ja nur ein Trick. Er war der *Good Cop* – und später, wenn ich mürbe war, übernahm dann der *Bad Cop*. Das kannte Nicky ja alles.

Ich sah Manus Vater an.

Er lächelte mir zu. „Jonas, dass Beste wird sein, du erzählst uns, wie der Nachmittag verlaufen ist.“

Ich schaute zu Müller, der nickte mir aufmunternd zu. Was würde Nicky jetzt machen? Schweigen natürlich.

Ich sage nichts ohne meinen Anwalt.

Nur, mein Anwalt saß neben mir.

Ich sah zu dem Aufnahmegerät, dann begann ich zu reden. „Gegen sechzehn Uhr gestern rief ich Sasa - ich meine Susanne - an und verabredete mich mit ihr zu einem Gespräch ...“ Der Cop hob eine Augenbraue.

Als ich geendet hatte, sah Müller mich kalt an, dann zog er ein paar Bilder aus der Mappe, die verschlossen vor ihm gelegen hatte. Er knallte sie auf den Tisch, beugte sich zu mir vor und sah mir in die Augen. Ich hatte mich getäuscht, er war der *Bad Cop*.

„Und das Ergebnis Ihres sogenannten *Gesprächs* sind diese Blutergüsse, Herr Christensen?“

Ich sah auf die Bilder, sie zeigten rote und blaue Stellen auf Haut, mehr war nicht zu erkennen.

„Ich weiß nicht was das ist.“ Müller schnaubte.

Manus Dad sah sich die Bilder an. „Kommissar Müller, ich kenne meinen Mandanten seit vielen Jahren, zu einer solchen Brutalität ist er einfach nicht in der Lage.“

Müller schnaubte wieder, dieses Mal verächtlich. „Wozu

Menschen in der Lage sind, Herr Anwalt, weiß man immer erst, wenn man in den Abgrund ihrer Seele blicken durfte."

Den Spruch hat er aus dem Kino, ging es mir durch den Kopf.

„Ich war das nicht!" DAS hätte Nicky cooler rüber gebracht!

Der Cop sah mir noch mal in die Augen. „Herr Christensen, Sie haben doch schon gestanden. Warum machen Sie es uns denn jetzt so schwer?"

„Moment mal, wie kommen Sie darauf, dass mein Mandant gestanden hätte?", mischte Manus Dad sich ein.

Müller zog eine Notiz aus seiner Mappe. „Ich zitiere den Polizeihauptmeister Wilke, der bei der Verhaftung des Beschuldigten anwesend war. Zitat: Als die Schwester des Beschuldigten, Frau Cara Christensen, davon sprach, dass es sich um eine Verwechslung handeln müsse, erwiderte der Beschuldigte an seine Schwester gewandt: Das ist keine Verwechslung."

Ich senkte meinen Blick und sagte nichts mehr.

Der Cop klappte seine Mappe zu und stellte das Aufnahmegerät ab. „Belassen wir es für heute dabei."

„Moment mal, Sie können meinen Mandanten nicht einfach ohne Haftbefehl hier schmoren lassen."

Müller wirkte auf einmal sehr müde, er strich sich über die Stirn. „Herr Anwalt, wir wissen doch beide, dass ich das sehr wohl kann."

Ich sah Manus Vater an, der zuckte entschuldigend mit den Schultern. Mir war sowieso alles egal. Ich hatte Mona endgültig verloren, das war alles, was noch von Bedeutung war. Sie würde sich nicht mal mehr die Mühe machen, mich zum Mars zu beamen.

Müller verließ den Raum, ich war mit Manus Dad und dem schweigsamen Polizisten, der immer noch regungslos auf dem Stuhl an der Tür saß, alleine.

„Du musst mir sagen, was gestern Nachmittag wirklich vorgefallen ist, Jonas. Nur wenn ich jedes Detail kenne, kann ich dich richtig verteidigen."

Ich zuckte nur mit den Achseln und schwieg, mir würde ja sowieso niemand glauben.

„Alles wird gut, Junge", sagte Manus Dad nach einer Weile und nahm mich in den Arm.

Daran hatte ich allerdings erhebliche Zweifel.

3. September, 22.00 Uhr
Farbe des Himmels: schwarz

Ich lag auf der Pritsche und starrte in die Dunkelheit.

Irgendwann war das Licht ausgegangen, keine Ahnung, wann genau.

Meine Uhr und mein Handy hatten sie mir abgenommen. Sogar den Gürtel musste ich abgeben.

Ich konnte nur an Mona denken. Ob sie es schon weiß? Die Vorstellung, die nächsten paar Jahre in einem Gefängnis zu verschimmeln, hatte fast schon etwas Tröstliches.

Einfach nur noch auf einer Pritsche liegen, an die Decke starren und an nichts mehr denken. Atmen, essen, schlafen. Wie eine Amöbe. Und dann irgendwann wirklich zu einer mutieren.

Das klang doch nach einem Plan!

4. September, 6.30 Uhr
Farbe des Himmels: blau

Die Tür ging auf, ein Wärter stellte mit viel Getöse ein Tablett auf den Tisch und murmelte etwas Unverständliches, das bei gutem Willen vielleicht als Morgengruß durchgehen könnte.

Es war schon hell. Irgendwann muss ich wohl eingeschlafen sein. Ich fühlte mich trotzdem wie gerädert. Deshalb blieb ich einfach auf der Pritsche liegen und starrte die Decke an.

Heute Abend hat Mona ihren Auftritt. Mit ihrer Band. Beinahe hätten wir zusammen auf der Bühne gestanden und unseren Song gespielt. Die Ballade des Jahres! Beinahe.

Keine Ahnung, wie viel Zeit verging, bis die Zellentür ein weiteres Mal geöffnet wurde. Ich wurde wieder in das Vernehmungszimmer gebracht. Müller, Manus Dad und der schweigsame Polizist an der Tür waren schon da.

Der Cop stellte das Aufnahmegerät an und leierte die Formalitäten runter. Ort, Datum, Zeit. „Sie hatten ja reichlich Gelegenheit, ihre Situation zu überdenken, Herr Christensen." Er sah mich an. „Haben Sie uns etwas zu sagen? Etwas, das über das gestern Gesagte hinausgeht?" Ich zuckte nur mit den Achseln. Er beugte sich vor und schaute mir in die Augen, ich versuchte, seinem Blick Stand zu halten. Das hätte Nicky auch so gemacht.

Der Cop grinste fies. „Sie sind bei den Frauen ja ziemlich berüchtigt, junger Mann."

Was soll das denn jetzt heißen? „Wie meinen Sie das denn?"

Er grinste wieder und machte ein verständnisvolles Gesicht. „Na ja, in Ihrem Alter schlägt man schon mal über die Stränge. Das ist ganz normal, oder?"

Ich hatte definitiv keine Ahnung, worum es gerade ging.

„Ich habe eine feste Freundin", sagte ich deshalb.

Hatte, dachte ich eine Sekunde später. Ich hatte eine feste Freundin.

„Und wer ist ihre sogenannte feste Freundin?"

Ich schwieg.

„Herr Müller", schaltete Manus Dad sich ein, „mein Sohn hat mir gesagt ..."

„Ihr Sohn?"

„Ja. Mein Sohn Manuel ist der beste Freund von Jonas."

„Aha, und was hat Ihr Sohn Ihnen gesagt?"

Was kam jetzt? Ich wusste nicht, was genau Manu seinem Dad erzählt hatte. Alles? Auch von der Schlägerei in Stuttgart?

„Manuel hat mir bestätigt, dass Jonas seit mehreren Wochen mit einer jungen Frau liiert ist."

War! Liiert war!

„Und dass es eine feste Beziehung ist."

War!

Der Kommissar lehnte sich zurück, sah erst Manus Dad und dann mich an. Dann grinste er wieder dieses schäbige Grinsen. „Diese sogenannte feste Beziehung hat ihren Mandanten aber offensichtlich nicht davon abgehalten, auch andere Betten zu erkunden." Er machte eine bedeutungsschwere Pause. „Und wenn ich richtig informiert bin, dann war es ihrem Mandanten ziemlich egal, ob die jungen Damen damit einverstanden waren oder nicht.“

„Wie meinen Sie das denn?“, fragte ich, während ich auf dem Stuhl hochschnellte. Meine Stimme zitterte ganz erheblich.

Der Cop öffnete wieder die vor ihm liegende Mappe und zog ein Blatt daraus hervor. „Ich zitiere eine gewisse Mandy, die auf Facebook über Sie schrieb: Manche Mädels nimmt der sich einfach, ob die wollen oder nicht.“

„Woher haben Sie das?“ Ich wollte ihm dieses Geschmiere aus der Hand reißen, er zog seinen Arm zurück und blieb ganz ruhig.

„Woher ich das habe, ist komplett unwichtig, Herr Chistensen.“ Er sah zu Manus Dad. „Herr Anwalt. Ich lasse Sie jetzt ein paar Minuten mit ihrem Mandanten alleine. Es wäre gut, wenn Sie ihm klar machen könnten, dass sich ein Geständnis auf jeden Fall strafmildernd auswirken würde.“ Damit verließ er den Raum.

Ich sah Manus Dad an. „Ich habe immer gedacht, Sasa ist einfach nur durchgeknallt. Aber die ist der lebende Alptraum.“

„Wie meinst du das genau, Jonas?“

„Diese Facebookeinträge - es sind ziemlich viele - ich bin sicher, dass die von ihr sind.“

Er sah mich nachdenklich an. „Kannst du das beweisen, Jonas?“

Natürlich nicht, wie sollte ich das beweisen können.

Ich überlegte eine Weile, dann sah ich ihm in seine freundlichen Augen. „Wenn ich dem Cop alles erzähle ... ich meine, wirklich alles. Bekomme ich dann eine faire

Chance?"

„Wir leben in einem Rechtsstaat, Jonas. Hier bekommt jeder eine faire Chance."

Daran hatte ich allerdings erhebliche Zweifel. Aber was hatte ich noch zu verlieren? Ich würde jetzt einfach alles erzählen.

Das ich besoffen mit Sasa geschlafen habe an dem Tag, an dem ich Mona kennenlernte. Sasas anschließender Terror, die Todesanzeige, einfach alles.

„Dann ruf ihn wieder rein."

4. September, 14.00 Uhr
Farbe des Himmels: blau

Manus Dad kam in meine Zelle. Er setzte sich an den Tisch, es gab nur einen Stuhl, also blieb ich auf der Pritsche sitzen.

„Wie geht es dir, Jonas?"

„Geht so."

„Ich wollte dir nur Bescheid geben, dass es noch etwas dauern wird."

„Ich hab Zeit." Ich musste lachen, es klang bitter.

Er sah mich an. „Die Polizei will noch ein paar Leute vernehmen, unter anderem deine Schwestern und Manuel und Chris. Das halte ich für ein gutes Zeichen."

„Was soll daran gut sein?"

„Wenn sie deine Aussagen bestätigen, dann ist die Glaubwürdigkeit der jungen Frau auf jeden Fall erschüttert."

„Aha."

„Du brauchst jetzt einfach etwas Geduld, Jonas. Es wird sich alles klären."

„Wie gesagt, ich habe Zeit."

Auf mich wartete niemand mehr, nicht mal Mona. Meine große Liebe Mona. Meine große Ex-Liebe Mona.

Er blieb noch etwas sitzen, dann kam er zu der Pritsche und legte seine Hand auf meine Schulter. „Ich habe mit Cara und Sina gesprochen. Sie waren unsicher, ob sie deine Eltern informieren sollten."

Scheiße, hoffentlich haben sie das nicht getan.

„Ich habe ihnen geraten, noch etwas abzuwarten. Du bist hier ja … nun …"

Ich sah ihn an. „Was nun?"

„Es kommt ja nicht auf einen Tag an, meine ich."

Ich musste lachen, allerdings blieb mir der Lacher auch gleich im Hals stecken.

Als ich wieder alleine war, legte ich mich zurück auf die Pritsche. Was fühlte ich? Wut auf Sasa? Komischerweise nicht. Trauer um Mona? Um unsere Beziehung? Nicht mal das. Ich fühlte einfach gar nichts mehr.

Vielleicht war ich ja schon zu einer Amöbe geworden, wer weiß.

4. September, 16.00 Uhr
Farbe des Himmels: blau

Ich setzte mich auf und sah durch das vergitterte Fenster.
Der Himmel war blau. Es war vielleicht drei oder vier.
Keine Ahnung, wie viel Zeit vergangen ist, seit der Wärter das Mittagessen, das immer noch unberührt auf dem
Tisch stand, gebracht hatte.

Jetzt werden sie so langsam ihr Equipment aufbauen,
Mona und ihre Band. Im *Pavillon*. Und dann Soundcheck
machen. Ob meine Jungs sich das Konzert ansehen werden? Keine Ahnung. Vielleicht.

Hin und wieder hörte ich Schritte im Flur, die eilig an
meiner Zelle - jetzt war dieses *Etablisment* schon zu *meiner
Zelle* geworden - vorbei gingen.

Schlüsselrasseln, Türenknallen, Anweisungen, die im Befehlston geschrien wurden.

Irgendwann wurde meine Zellentür aufgeschlossen. Es
ließ mich schon kalt, ich hatte mich eingewöhnt. Dass das
so schnell geht.

„Bitte kommen Sie mit und lassen Sie keine persönlichen Dinge in der Zelle."

Was für persönliche Dinge, meine Hose vielleicht?

Der Wärter schaute an mir vorbei. Ich folgte ihm durch
die Gänge.

Genau wie am Vormittag wurde ich in ein Vernehmmungszimmer geführt und musste mich an einen Tisch
setzen.

An der Tür saß wieder ein schweigender Polizist, ob es

derselbe war wie morgens, konnte ich nicht ausmachen.

Ich wartete. Es passierte nichts. Ich hatte das Gefühl, stundenlang passierte absolut nichts. Aber vielleicht habe ich bereits mein Zeitgefühl verloren? Verliert man sein Zeitgefühl im Knast? Kommt einem jede Stunde wie ein Tag vor? Möglich.

Dann - endlich - ging die Tür auf und der Kommissar kam rein. Müller, der *Bad Cop*.

Er setzte sich mir gegenüber.

Wo war Manus Dad? „Wo ist mein Anwalt?", brachte ich mit brüchiger Stimme heraus.

Nicky hätte über mich gelacht.

Der Kommissar lächelte. „Dieses Gespräch bekommen wir auch ohne ihn hin, Herr Christensen."

Was nun? Werde ich jetzt so richtig in die Mangel genommen? Folter! Todesdrohungen! Waterboarding! Das ganze Programm? Ich musste über meine Gedanken grinsen.

„Was gibt es denn zu grinsen?", fragte der Cop, mehr amüsiert als irritiert.

„Ich sage nichts ohne meinen Anwalt!"

Müller lachte. „Müssen Sie auch nicht." Er schwieg kurz, dann sah er mir in die Augen. „Dass die Todesanzeige in der Zeitung von Susanne Friedrich aufgegeben wurde, war leicht herauszubekommen." Er klang irgendwie stolz.

Soll ich jetzt klatschen, oder was?

Er zwinkerte mir zu. „Muss ein ganz schöner Schock sein, seine eigene Todesanzeige zu lesen, oder?"

Ich schwieg.

194

„Nachdem das klar war, haben wir mit ein paar Leuten geredet."

Auch mit Mona? „Mit was für Leuten?"

„Das ist unwichtig. Wichtig ist, dass sie alle ihre Schilderungen bestätigt haben, jedenfalls annähernd."
Er sah mich wieder an und wieder hatte ich das Gefühl, er wolle Beifall von mir. Ich sah ihn mit verschlossenem Blick an, so wie Nicky das gemacht hätte. Er schwieg einen Moment.
Das kannte ich aus Filmen, jetzt kam irgendwas Wichtiges. Gebannt schaute ich auf seinen Mund, er begann zu sprechen.

„Nachdem wir diese Informationen hatten, habe ich mir die junge Dame noch einmal vorgeknöpft - und sie ist umgefallen."

Was soll das denn heißen? „Ist sie ohnmächtig geworden oder was?"

Er lachte. „Nein, das dann doch nicht." Er grinste mich an. „Sie hat zugegeben, dass sie sich die Hämatome und Kratzspuren auf den Oberschenkeln selber zugefügt hat. Mit einem Stein aus ihrem Garten. Sie wollte Rache."
Sie wollte Rache. Nur, wofür zum Teufel?

Ich sah den Cop an, der vielleicht ja doch ein *Good Cop* war. „Wie haben Sie das denn aus der rausbekommen?"

„Dafür haben wir unsere Methoden".
Er wirkte schon wieder so bescheuert stolz.

„Und was bedeutet das jetzt für mich?"
Der Cop stand auf und gab mir die Hand. Ich nahm sie, obwohl ich das gar nicht wollte. Reflex!

„Das heißt, dass Sie jetzt nach Hause gehen können. Irgendwann wird sich der Staatsanwalt die Akte noch ansehen, aber ich gehe davon aus, da kommt nichts mehr. Alles Gute." Damit war er aus der Tür.

Ich sah zu dem Polizisten auf dem Stuhl, der wie durch ein Wunder zum Leben erwachte.

„Ich bringe Sie raus." Er konnte sprechen!

An der Pforte, oder wie man das nennt, bekam ich mein Handy, meine Uhr und den Gürtel zurück. Dann wurde ein Summer betätigt, ich durfte durch die Tür gehen und stand im Sonnenlicht vor dem Gefängnis.

Siebtes Kapitel
Freiheit

Sie standen gegenüber auf der Straße und warteten auf mich. Manu, sein Dad, Chris, Mokka, Cara und Sina.
Meine Schwestern kamen auf mich zugelaufen und umarmten mich wie wild.

„Wie konntest du uns nur so einen Schrecken einjagen?", rief Cara, während sie mich immer wieder küsste. Sina hing auf der anderen Seite an mir dran.
Das waren mir entschieden zu viele Schwesternküsse. „Hey ihr Zwei, nun ist aber mal gut." Ich schob sie beiseite.
Dann kam Manus Dad und nahm mich in den Arm. Er sagte gar nichts, ich brachte immerhin ein *Danke* heraus.
Meine Jungs lehnten an einem alten, grauen Transporter, den ich nicht kannte. Sie wirkten ein bisschen wie Schauspieler in einem Roadmovie.
Ich ging zu ihnen, Manu und Chris umarmten mich, Mokka reichte mir leicht verlegen einen Joint, ich lehnte ab.

Manu sah mich an. „Zu früh bist du jedenfalls nicht, Kumpel. Also, schaff deinen Arsch in den Bus. In einer halben Stunde ist Soundcheck."

Ich sah von einem zum anderen. „Was hat das zu bedeuten?"

Chris knuffte mir in den Arm. „Wir haben heute Abend einen Gig, schon vergessen?"
Damit schoben sie mich in den Bus. Zu viert saßen wir nebeneinander auf der Vorderbank - wie Vögel auf einer

Vogelstange.

Mokka startete, dann sah er noch einmal grinsend zu mir. „Die Karre ist von meinem Chef. Durfte ich mir leihen, weil ich immer so schön fleißig bin. Nicht schlecht für eine Aldipussy, oder?"

Ich verstand überhaupt nichts. Also schwieg ich erst mal und sortierte meine Gedanken. Bis der letzte seinen Weg in mein Bewusstsein gefunden hatte, waren wir schon ein ganzes Stück gefahren.

„Wohin fahren wir?", fragte ich. Dämliche Frage.

„Na, wohin wohl? Der Gig ist im *Pavillon*, schon vergessen?" Manu stieß mir in die Seite.

Ich sah ihn an. „Aber … Mona ... ich meine, wenn die mich sieht ... die schneidet mich in Streifen ... und zwar in ganz kleine Streifen."

Manu grinste. „So schlimm wird es schon nicht kommen, Jo."

Ich hatte das Gefühl, dass mir jeden Moment der Schädel platzen würde.

Ich werde sie wiedersehen. So bald schon!

Was soll ich sagen? Wird sie mir eine runterhauen?

Wird sie überhaupt von mit Kenntnis nehmen? Vermutlich nicht. Das ist es! Sie will diesen dämlichen Song runterschrubben, damit nicht alle umsonst geübt haben. Danach wird sie mich zum Verdursten in die Wüste schicken. Und zwar für immer. Mich, den Knacki. Ihren Ex-Knacki-Lover.

Als Mokka den Bus auf den Hof des *Pavillon* lenkte, hatte eine Querschnittslähmung die Gewalt über meinen Körper übernommen. Warum auch nicht? Da war die

Neurodermitis nicht mehr so alleine.

Die Jungs stiegen aus, ich blieb einfach sitzen.

Manu rief von hinten. „Hey Jo, wir schleppen das jetzt nicht alles ohne dich in den Laden!"

Ich blieb sitzen.

Er steckte den Kopf in das Auto. „Jo?"

„Ich kann da nicht mitmachen, Manu. Sorry, aber das müsst ihr ohne mich durchziehen."

Er stieg wieder ins Auto und setzte sich neben mich. Wir schwiegen eine Weile.

„Sie wird mich hassen, Manu."

„Dann wären wir ja wohl kaum hier, oder?"

„Weiß sie es?"

„Ja."

„Alles?"

„Ich habe es ihr erzählt, ja. Das hielt ich für das Beste."

„Auch das ich mit Sasa geschlafen habe, an dem Tag, als … "

„Ja, auch das. Ich dachte, jetzt muss einfach mal alles auf den Tisch." Er lächelte leicht verlegen.

„Schon gut. Wie hat sie reagiert?"

„Schwer zu sagen, Jo. Sie ist … verletzt."

„Schon gut, Manu."

Er legte mir eine Hand auf die Schulter. „Komm schon, Kumpel. Wir gehen da jetzt zusammen rein."

„Ich kann nicht, ehrlich."

Nach einer Weile stieg er aus, ich blieb einfach sitzen und sah zu, wie die anderen das Zeug in den Veranstaltungs-raum schleppten.

Dann wurde es still. Alle waren drinnen, nur ich saß querschnittsgelähmt im Bus und wartete auf den Weltuntergang. Es begann schon zu dämmern, der Sommer ging langsam zu Ende und es wurde früher dunkel.

Dann stand sie plötzlich in der Hallentür und sah zum Bus. Mona!

Da steht die große Liebe meines Lebens, dachte ich, während mein Herz zu rasen begann. Die große Ex-Liebe meines Lebens.

Und hier sitzt ihr Ex-Knacki-Lover.

Zögernd kam sie auf den Bus zu.

Neurodermitis, Querschnittslähmung und nun gleich auch noch eine Herzattacke. Dabei war ich doch noch nicht mal zwanzig. Ich würde wohl jung sterben!

Nun war Mona an der Fahrertür, öffnete sie und setzte sich neben mich. Wir schwiegen.

Ungefähr hundert Stunden später nahm sie zaghaft meine Hand. „Du bist ja vielleicht ein dämlicher Hund", flüsterte sie.

Es klang zärtlich, aber vielleicht bildete ich mir das auch nur ein.

„Ich bin der dämlichste Hund aller Zeiten."

„Exakt!"

Nach diesem erbaulichen Dialog schwiegen wir wieder. Meine Gefühle wollten auf den Rummelplatz, sie wählten die Achterbahn.

In meinem Kopf begann sich alles zu drehen. Immerhin hielt Mona noch meine Hand.

Sie räusperte sich. „Kommst du jetzt? Die anderen warten schon ... wegen des Soundchecks und so."

Klar, sie will den Song runterschrubben, damit nicht alle umsonst geübt haben. Die Ballade des Jahres! Haha!

„Ich kann nicht."

„Warum nicht?"

„Eine seltene exotische Krankheit hat meinen Körper befallen, ich kann mich nicht mehr bewegen."

„Soso." Sie schwieg eine Weile. „Was macht denn eigentlich dein Ellenbogen?"

„Was?"

„Na, die Stelle an deinem Ellenbogen."

Ich hatte überhaupt nicht mehr darauf geachtet. Nun fuhr ich einmal kurz mit dem Finger drüber, es fühlte sich normal an.

„Fühlt sich normal an." Ich nahm schnell wieder ihre Hand.

„Siehst du."

Was soll das denn heißen?

Wir hatten uns noch kein einziges Mal angesehen, ich wagte es einfach nicht. In ihren Augen würde ich lesen können, dass es vorbei war. Sie will den Song spielen, das ist alles. Wegen der anderen.

Vielleicht könnten wir ja einfach für immer in dem Bus sitzen bleiben. Hand in Hand. Der dämliche Hund und die Frau mit den schönsten Augen der Welt.

Wir saßen da und schwiegen. Nach einer Ewigkeit drehte Mona meinen Kopf zu sich und sah mich an. Ihre Augen waren dunkler als sonst.

„Weißt du noch, was ich mal zu dir gesagt habe, Jojo?"

Jemand legte eine zentnerschwere Eisenplatte auf meine Brust.

Dass es vorbei ist, wenn ich nicht ehrlich bin! Das hat sie gesagt. Und ich bin nicht ehrlich gewesen.

Ich war das Gegenteil von ehrlich!

Mona sah mir in die Augen und holte Luft.

Jetzt kam der Todesstoß.

„Ich hab dir gesagt, dass ich eine Magierin bin, Jojo, schon vergessen?"

„Wie könnte ich das jemals vergessen, Mona?"

Tränen liefen mir über die Wangen.

Sie lächelte und strich mir eine Haarsträhne aus der Stirn. „Ich kann auch exotische Krankheiten heilen, sogar Lähmungen. Wenn ich es recht überlege, ist das sogar mein Spezialgebiet."

Ich lächelte zurück, unsicher. Dann schwiegen wir wieder und sahen uns in die Augen.

Für immer in diese Augen schauen, mehr will ich doch gar nicht!

„Aber eines kann ich ganz sicher nicht", sagte sie nach einer gefühlten Ewigkeit.

„Was denn?" War das wirklich meine Stimme?

„Ohne dich leben, Jojo. Auch wenn du der dämlichste Hund bist, der mir je begegnet ist."

Dann küsste sie mich. So, wie nur Mona küssen kann.

Wenn Ihnen der Roman gefallen hat, würde ich mich über eine Bewertung auf Amazon sehr freuen.

Vielen Dank
Ihre
Sabine Bartsch

Nähere Infos finden Sie auch hier:
www.sabine-bartsch.de
Und auf Facebook:
https://www.facebook.com/sabine.bartsch.906

Von der Autorin ist außerdem erschienen:

Hat sie dieser gut aussehende Typ wirklich gerade
gefragt, ob sie mit ihm auf ein Konzert gehen will?
Skinny kann ihr Glück kaum fassen.
Doch dann läuft plötzlich alles schief und Skinny
weiß nicht, ob sie ihm überhaupt vertrauen kann.
Es ist fast zu spät, als sie erkennt, dass es ihr eigenes Geheimnis ist, dass zwischen ihnen steht …

dtv 2014

„Es knistert, funkelt und blitzt: Sabine Bartsch
schaut zwei Jugendlichen direkt ins Herz.“

Stuttgarter Zeitung

Nominiert für den Goldenen Pick 2011